謊然大誤

馮翊綱　劇本

序

《謊然大誤》是一封情書，寫給妙妙的情書。

原本只是在異地的演出旅行中，排遣沒啥好逛的百無聊賴，書寫解悶兒。不想，越寫越有愛。二〇一八年夏天，臺北構思、上海起草、南京動筆、北京撞牆、天津迸發、武漢奔騰，跨越六城，歷時一月，然而真正奮筆疾書的日子，大約六天。

好厲害喲！六天寫出一部完整劇本？對於天天動筆的作者而言，真不算什麼，六天還不是個人「最快」的紀錄。我是戲劇系畢業的職業劇場人，以寫劇本、辦演出為職志，劇本，寫了就是為演出。一度也是在戲劇系教學生怎麼寫「演出用」劇本的老師，恩師姚一葦的話，縈繞耳邊：「劇作家即思想家。」怎麼學來怎麼賣，很想把理念、方法傳遞下去。可惜呀！學生到底是要為自己建構多大的學習障礙？

首先，不念書了，以為螢幕畫面上的訊息可以取代知識，對世間一切「素材」，都極其陌生，只在自己狹窄的宿舍、校園、同儕圈裡打轉。其次，區劃分隔、排除異己。對網路、影視的興趣大，將劇本文學、語言呈現視為落伍，將戲曲、說唱等高端人類技能，排除在興趣範圍外。「說相聲的，怎麼會教寫劇本？」此種認知僵局，只能說是「不讀書」慘況之延伸。

最慘的是，沒有信仰。沒有哲學信仰、沒有宗教信仰、沒有文化脈絡的信仰，可憐，只信自己渾然天成、本來僅知道的那一套。正好，幾位高知名度的網紅，也經常以單薄霸氣的言論，批判萬物，示範了這種格局。

不讀書、思維貧乏、寫不出劇本，卻敢隨口風涼，埋怨「劇本荒」？

孫子曰：「凡用兵之法，馳車千駟，革車千乘，帶甲十萬。千里而饋糧。」所謂「兵法」，應用在戲劇創作、劇場經營，就在「糧」，劇團的糧，就是劇本。【相聲瓦舍】戰無不勝的根基，就在持續、且提早創作劇本，將糧倉設在時日未到的遠處，走到那兒，自然就有戲可以排。

起先，我是劇本創作金典獎的評審委員。看到一些寫得很棒的劇本，卻也有很多不知劇本為何、硬是要寫，還有就是無能分辨影視腳本、小說對話的尷尬形式，根本不看別人寫劇本、也敢下手寫劇本，災難。

【相聲瓦舍】從來不缺劇本，因為我在寫。希望日後，「相聲」算不算是一種「戲劇」？也可以不用再浪費口舌。

已經參與過八次臺灣文學獎，二度擔任評審委員後，以選手身分五次參賽、三次入圍（《弄》、《快了快了》），以《謊然大誤》第一次得獎，隨後受邀擔任次年頒獎典禮主持人。這本書，同時收納了幾篇述說創意因緣的散文，其中〈與甚同行〉，是受宇文正邀稿，書寫家鄉左營，曾發表刊載於「聯合副刊」。特別一提，成書的《謊然大誤》是得獎的初創原著，與二〇二〇年的梅若穎導演呈現本、以及【相聲瓦舍】改作演出本《騙騙》，都略有不同。

另一部《雞都下蛋了》，是在二〇一九年旅行途中完成的劇本，一起收錄在本書中。這是「孫運璿科技．人文紀念館」的邀請創作，在孫運璿先生故居演出，也順便巡迴各地劇場。「從前有一個正直清廉的宰相，勤政愛民，孝敬老母。」這個作品，是我們對賢能者寄上的敬意。

人生再掀波瀾，離異了為人溫婉、個性敦厚的前妻，寫劇本，去追求一位妙齡少女，深陷在不倫熱戀中……《謊然大誤》出版、公演，面對讀者、觀眾，內容公諸於世的一刻，同時標示著我的歡愉、痛苦、浪漫、罪過。支撐我、給一個理由的範例，是查理·卓別林，在五十多歲時，第四次婚姻，迎取十八歲的烏娜·歐尼爾，相愛至死，同葬一穴。

妙妙出生在書香好家庭，兩位博士教授的女兒，自小愛讀書，為這個聰明的女人寫本書，表達對她的愛慕，也盼望得到青睞、賞識。行將花甲，踏入落英林中，忽覺夾道燦爛！二馬雙人，生命開展新頁。

寫劇本，不能沒有愛。盼望《謊然大誤》也能算是給劇本寫作學習者的情書。

—劇本— 謊然大誤

《謊然大誤》

首演陣容

馮翊綱　古辛　巫明如　姜賀璇　梁晧嵐

梅若穎　導演

《騙騙》

首演陣容

馮翊綱　宋少卿　黃士偉　范瑞君　翁銓偉

冥河畔，一個銀鬚皓髮的老人駕著小舟駛近，呼喝道：「惡鬼們呀！都是罪有應得！
不要奢望重見天日，我將你們渡到彼岸，永恆的黑暗中，那兒只有寒冰烈火！」

——但丁《神曲》

黃河九天上，人鬼瞰重關。長風怒卷高浪，飛灑日光寒。
峻似呂梁千仞，壯似錢塘八月，直下洗塵寰。
萬象入橫潰，依舊一峯閒。

仰危巢，雙鵠過，杳難攀。人間此險何用，萬古祕神奸。
不用燃犀下照，未必佽飛強射，有力障狂瀾。
喚取騎鯨客，撾鼓過銀山。

——元好問〈水調歌頭　賦三門津〉

◎人物

九天君　不修邊幅的中年書生，正在朗讀一篇自己創作的故事。

燃犀人　一個老人，愛說故事、同時扮演故事中的人物。

騎鯨客　一個華貴的公子，愛聽故事。

三人在一條大河邊，說演故事，等待擺渡人。

人物造型古意盎然，但不特定時代。

◎時空

河邊荒地，高高低低的臺階。

背景顯現一巨幅古地圖，不確定地點。像是拼圖，不同段落顯現不同區塊，隨劇情漸漸顯出全貌。

·楔子·

（黑暗中傳來音樂聲，輕柔但略帶詭異。）

（舞臺一角亮起。一個中年書生，九天君，自得其樂的朗讀一篇自己寫的文章。）

九天君：我家住在一座古城西門內。古城踩著龜、蛇二山，建構城垣，成玄武之勢。蛇山，咬著南門邊的城牆，出南門，沿著城牆走，便可來到東門，順著東城牆走，自然而然來到龜山腳下，一環旋，潭水就在眼前，潭中有雙塔。說是古城，即是意味著，它以前就在那兒的。水淹過、沙掩過、煙塵籠罩、烈日曝曬，是個什麼的出口，抑或是入口。原本也該有個名字，只是被遺忘了。曾有的喧騰，寄存在壁縫中，用沉默，述說著曾有的光豔虛華。

住在這裡的人，是最後一批被暫放在孤城的過客。燈火亮起，啟人疑竇？是執迷的守城者？還是死心塌地的等候？一座城，總該有它的故事。怎樣活過的一群人，能讓自己的古城，成為一則故事？無解的沉默，佇立的淒涼。要用什麼浮誇的謊言，為它編一個荒蕪的故事？

我在兩塔之間佇立良久。潭中，一隻小烏龜剛好浮出水面，扭頭看著我，彷彿來赴累世之約。我眼中看是龜，龜眼中看是我。探手入水，牠划呀划，停在我掌中，縮起頭腳。

端著烏龜，進塔逛逛，塔中有壁畫「地獄十殿閻羅」。秦廣王、楚江王、宋帝王、五官王、閻羅王、卞城王、泰山王、都市王、平等王、轉輪王。

逛出塔外，猶豫是否該繼續帶著這隻縮頭烏龜，牠彷彿探知了我的腦波，突然冒出頭腳，亂撥亂划，嚇我好一大跳！手一鬆，撲通！落入潭中，化龍而去！

與潭水相連的是古城北門，自西、由南、而東、到北，繞城一圈。進了北門，順著西牆護城渠走，就是我家。

（音樂聲揚起，詭異的感覺更濃厚了。）

（燈光變化，背景幕上的色塊浮現出來。）

一・【鬼門・十三娘】

（燈光變化完成，色彩繽紛。焦點仍在舞臺一角，九天君接著說。）

九天君：在宮廷裡住著的戲子，都是皇帝的奴僕。皇帝要聽音樂，他們要伺候；皇帝要玩樂，他們要伺候；皇帝要睡覺，他們要伺候。甚至，就算皇帝死了，也要他們伺候。

但是，就有那麼兩個男女戲子，操守不正，互相曖昧，居然敢眉來眼去、私通款曲。打從十歲坐科受訓，這對男女，就兩小無猜、有說有笑，種下了日後暗結私情的種子。

男的，叫李九郎，女的，叫徐十三娘。李九郎是樂工，吹管、絲弦、鑼鼓，樣樣精通。

十三娘是舞者，軟舞、健舞雙絕。十三娘打從選進教坊那天起，就被指定隨侍皇陵，白話說，就是皇帝死後，她得要陪葬。

自春秋戰國以後，歷朝歷代，明的，是沒有殉葬制度，但是其實，嬪妃、奴僕可以「自願」殉葬，只要自願，他們的父親、兄長就能得到好處，或許是金錢、或許是官職。總之，就有許多的父親、兄長，代表年幼的女兒簽下了「自願殉葬」的切結書。

有個地方諸侯造反了，殺進了京城，皇帝倉皇逃跑，宮中的女人、奴僕，一部分「自願」保駕，陪著皇帝跑，一部分「自願」盡忠，死在皇宮裡，一部分「自願」被俘虜，成了叛亂者的戰利品。有很小的一部分，其實只有少數幾個人，得到上天的眷顧，他們自己逃跑，跑到遙遠、偏僻、沒有人認識他們的地方，隱姓埋名，打算過一個屬於自己的下半生。

李九郎，和徐十三娘。

（燈光變化。舞臺主表演區顯現為高高低低的臺階，背景幕上的光影色塊，看似地圖，但不確定地點。）

（老人「燃犀人」與貴公子「騎鯨客」，閒散聊著。）

燃犀人：我愛玩兒。

騎鯨客：都玩兒些什麼？

燃犀人：表演藝術。

騎鯨客：什麼叫表演藝術？

燃犀人：舉凡音樂、舞蹈、戲劇、戲曲、說唱、曲藝、戲法、魔術、特技、武術，當著觀眾的面前表演，呈現才藝的各種型態，統稱為表演藝術。

騎鯨客：您說明得非常籠統，我一點兒也沒明白？

燃犀人：怎麼不明白？

騎鯨客：因為我不懂表演。

燃犀人：怎麼可能！

騎鯨客：因為我最痛恨那種在人前人後裝模作樣的人。

燃犀人：這話從您嘴裡說出來，不大搭調。

騎鯨客：為什麼？

燃犀人：就我對您的觀察，恐怕是我所見過，最裝模作樣的人了。

騎鯨客：我是不得已呀。

燃犀人：哦？

騎鯨客：當今這個世道，人，不能暢所欲言。要看場合，要看對象，要看立場。說點話，寫點字，小心會遇到對頭人，輕的，壓制你出不了頭，重的，找機會砍你頭。

燃犀人：你這麼覺得？

騎鯨客：因此，裝模作樣，恐怕是生存之道啊。

燃犀人：那麼，看起來，還是古代比較浪漫。

騎鯨客：說點古代的事情，也比較安全。

燃犀人：古代的表演藝術發展，官方的政策占了很重要的地位。

騎鯨客：哦？

燃犀人：設置在中央政府的教坊，是訓練人才、創作作品的核心機構。

騎鯨客：梨園教坊。

燃犀人：音樂、舞蹈、戲曲、說唱，各種節目都出自教坊。

騎鯨客：是。

燃犀人：古代宮廷表演藝術，最主要的項目，還是舞蹈。

騎鯨客：是。

燃犀人：舞蹈，可分為「軟舞」、「健舞」兩大方向。

騎鯨客：軟舞我知道。

（騎鯨客做出扭動身體的動作，頗猥褻。）

燃犀人：您這是幹什麼？

騎鯨客：軟舞嘛不是？

燃犀人：您這是軟舞啊？我看是沒骨頭，軟蟲！

騎鯨客：怎麼說話的？

燃犀人：軟舞，是輕盈柔美的舞蹈，好比有名的〈綠腰〉，是女舞者的獨舞，節奏由慢到快，表現溫柔的美感。
騎鯨客：是這樣啊？
燃犀人：另一種是「健舞」。
騎鯨客：賤舞我就懂了。

（騎鯨客做出扭動身體的動作，更顯低劣。）

燃犀人：停停停！幹什麼？
騎鯨客：夠不夠賤？
燃犀人：不是這個「賤」。
騎鯨客：那是射「箭」？舞「劍」？
燃犀人：都不是，是健康的「健」。
騎鯨客：什麼意思呢？
燃犀人：健舞融會了武術，表現出肌肉的彈性與速度感。非常有名的〈劍器〉，就是「健舞」。

騎鯨客：〈劍器〉？寶劍的「劍」？
燃犀人：沒錯。
騎鯨客：那你還說健舞不是舞劍。
燃犀人：這就是一般人的迷思，望文生義。〈劍器〉，是曲子名，確實是以寶劍做為一種引導想像。
騎鯨客：是。
燃犀人：但是舞蹈的時候，舞者手中沒有寶劍。
騎鯨客：那拿什麼？
燃犀人：綵帶。
騎鯨客：啊？
燃犀人：草書大師張旭，看了著名舞者公孫大娘舞〈劍器〉，得到了跨界靈感，創造出新的書法。
騎鯨客：哦？
燃犀人：看看張旭的書法，就知道〈劍器〉是怎樣的舞蹈。
騎鯨客：怎樣呢？

（燃犀人舞蹈，做出許多手臂旋轉、擺動、繞圈的動作。）

燃犀人：看出來了嗎？

騎鯨客：綵帶舞？

燃犀人：對了，所謂〈劍器〉，是綵帶舞。

騎鯨客：今天還長見識了。

燃犀人：這是號稱「皇家表演藝術學院」的梨園教坊，認證過的。

騎鯨客：官方認證？

燃犀人：官方認證。

騎鯨客：什麼都由官方控制，恐怕不太妙。

燃犀人：古代表演藝術的興盛，與政府的文化政策、人才培育息息相關。

騎鯨客：哦？

燃犀人：好比說在我們這個故事裡的兩個人物。

騎鯨客：誰？

燃犀人：一對自小一塊兒練功、一塊兒長大的梨園子弟，男的叫李九郎。
騎鯨客：在家排行老九？
燃犀人：古人的習慣，同輩堂兄弟，總論長幼排序，他是李家的第九個男丁。
騎鯨客：這樣。
燃犀人：女的叫徐十三娘。
騎鯨客：徐家的堂姊妹，排序第十三。天哪！很多欸，怎麼養？
燃犀人：所以送到梨園了嘛。
騎鯨客：喔。
燃犀人：兩人相依相伴，一塊兒長大，日久生情，長到了十幾歲，更加按捺不住。
騎鯨客：青春期了。
燃犀人：男女有別，李九郎經常徘徊在女生宿舍外頭，只為看見窗帘掀開，十三娘對他遙望，淺淺一笑。
騎鯨客：好卑微的願望。
燃犀人：李九郎寫了一首詩，送給十三娘。
騎鯨客：什麼詩？

燃犀人：「閨閣空企望，帘兒半掩開，忽見月影動，疑是曦風來」。
騎鯨客：挺抒情的。
燃犀人：還譜了曲，十三娘按照詞曲意境，編成了舞。
騎鯨客：他們情投意合呀。
燃犀人：再怎麼多情，也是奴隸，完全沒有自由。
騎鯨客：誰的奴隸？
燃犀人：他們是宮廷裡的樂師、舞者，是皇帝的奴隸。
騎鯨客：啊？
燃犀人：提起當今聖上，也是個奇葩。
騎鯨客：怎麼說？
燃犀人：先皇駕崩當晚，還在彌留之際。當時皇帝還是太子爺，正逢三十大壽。
騎鯨客：三十歲？不算什麼。
燃犀人：你不算什麼！太子爺自己很重視，安排了酒宴、歌舞，要酒池肉林、通宵達旦。
騎鯨客：爸爸快死了，這樣不好吧？

燃犀人：就有像你這樣不知趣的大臣，向太子建言，太子聽了不高興，說道：「既然你這麼忠心耿耿，不如就代表本宮，跪在父皇寢宮外，為父皇祈福。」

騎鯨客：怎麼這樣啊？

燃犀人：眾位大臣紛紛附議，都請太子不要舉辦壽宴。

騎鯨客：生日趴要停辦，很傷心。

燃犀人：太子爺說：「那好吧，既然眾卿家想法一致，那就都滾出去跪著吧。」

騎鯨客：這太那個什麼了吧？

燃犀人：那個什麼？

騎鯨客：那個那個……太混帳了吧？

燃犀人：混帳的還在後頭。

騎鯨客：啊？

燃犀人：外頭下著大雨，武將統統在廣場罰站，文官統統在皇帝寢宮罰跪。

騎鯨客：都沒人啦？

燃犀人：壽宴照常舉辦。

騎鯨客：誰來呀？

燃犀人：太監。
騎鯨客：啊？
燃犀人：太子命令太監們坐在文武百官的位子上，欣賞表演、飲酒作樂。
騎鯨客：都亂了。
燃犀人：太監們都是奴才，淨說些「福如東海、壽比南山」的廢話。
騎鯨客：也只會說這個。
燃犀人：奇蹟發生了！
騎鯨客：什麼事情？
燃犀人：還不到午夜，先皇駕崩了。
騎鯨客：死了也好。
燃犀人：啟動接班機制，太子立刻登基。
騎鯨客：登機？飛去冰島！雷克雅未克。
燃犀人：登上皇位，當皇帝。
騎鯨客：那個登「基」。
燃犀人：既然武將在罰站，文官在罰跪，乾脆就把各種官位，直接封給太監。

騎鯨客：什麼？

燃犀人：現場正在表演的宮娥采女，年輕的、他看上的，直接封賞，住進三宮六院。

騎鯨客：這太混帳了。

燃犀人：年長的，皇帝看不上的，就簽署「自願殉葬」。

騎鯨客：什麼？

燃犀人：就是皇帝死了，要跟著陪葬。

騎鯨客：這還有自願的？

燃犀人：只要自願，家人就能得到好處。

騎鯨客：想必有不少人「自願」。

燃犀人：但也得看這個皇帝，怎麼死？

騎鯨客：啊？

燃犀人：登上皇位不到一年，地方諸侯造反，殺進京城。

騎鯨客：哎喲！

燃犀人：皇帝倉皇逃走，幾個太監護著，躲在鄉下。

騎鯨客：喔。

燃犀人：嚇壞了，什麼也吃不進去，吃了就吐。原本拉屎、後來拉稀、轉為拉水、最後拉出來的是血。

騎鯨客：完蛋了。

燃犀人：這也是對先皇不孝的報應。

騎鯨客：剉血而亡，不是什麼福報。

燃犀人：這對十三娘而言，是個大好的機會。

騎鯨客：怎麼？

燃犀人：她趁著大批皇家奴僕轉移之際，抓緊了空隙，帶著李九郎，跑了！

騎鯨客：跑得好！怎麼……是女的帶著男的跑？

燃犀人：十三娘是舞者，身體強健，李九郎是音樂家，是個文弱書生。

騎鯨客：喔，沒想到。

燃犀人：十三娘的輕功底子好，很快的就帶著情郎，跑到杳無人煙的深山裡，結草廬隱居。

騎鯨客：千萬要躲好。

燃犀人：兩人自拜天地，做了夫妻，種菜、種瓜，自給自足。

騎鯨客：得償夙願。
燃犀人：如此一年過去，眼看九郎的生日要到了，十三娘想給他縫一件新衣。
騎鯨客：逃難中，還要過生日呀？
燃犀人：而且，自己在害喜，還沒有告訴丈夫。
騎鯨客：有啦？
燃犀人：一切待產應用物品，也要準備。
騎鯨客：是。
燃犀人：於是，悄悄地跑了一趟鎮上，去裁布。
騎鯨客：到人多的地方要小心。
燃犀人：就那麼巧！遇到宮裡的大太監，正在抓人。
騎鯨客：一年了，還在抓人？
燃犀人：當時跑了不少人嘛。
騎鯨客：好嘛。
燃犀人：迎面撞見十三娘，一把抓住，用繩子捆了。
騎鯨客：糟糕。

燃犀人：（學太監）「哼！妳這個奴才，列在先皇陪葬名冊上，不盡忠職守，還敢逃跑！」

騎鯨客：還要抓去殉葬啊？

燃犀人：十三娘不哭不鬧，保持冷靜，等候時機。

騎鯨客：對，重大事故發生，保持冷靜很重要。

燃犀人：一隊人馬經過一處山澗，不遠的地方，有個斷崖。

騎鯨客：她想……

燃犀人：突然一個暴跳，使出了〈劍器〉舞蹈中的一個高難度動作，「雷霆震怒」，三百六十度旋轉中，同時震斷繩索，變成兩條長帶，仍然繫在手腕上。

騎鯨客：厲害！

燃犀人：大太監和隨行的兵士，只知道這徐十三娘是梨園子弟，並沒有看過她的表演，不知道她的本事。

騎鯨客：沒有藝術涵養。

燃犀人：一時嚇傻了，眼睜睜看見十三娘奔向斷崖，一躍而下！

騎鯨客：哎呀！

燃犀人：這時，使出了絕招。

騎鯨客：還有絕招？

燃犀人：是〈劍器〉舞當中，最難的動作，每一百個梨園子弟，難得有一兩個能領悟、練成。十三娘偷偷練會，從來沒有顯露施展過。

騎鯨客：是？

燃犀人：「羿射九日」！

騎鯨客：這是？

燃犀人：顧名思義，后羿射下九個太陽。舞者手中的綵帶，快速旋轉飄飛，同時拋向九個方位。

騎鯨客：這太不可思議了！

燃犀人：手中繩索搭在峭壁突出的樹梢，如此重複動作，直到安全抵達谷底。

騎鯨客：成功了。

燃犀人：十三娘回到家中，只說摔了一跤，絕口不提太監。

騎鯨客：免得丈夫擔心。

燃犀人：幾個月之後，兒子出生了。

騎鯨客：恭喜恭喜！

燃犀人：一出生就會笑，笑聲清脆噹噹，像是敲響雲鑼。

騎鯨客：可愛的孩子。

燃犀人：徐十三娘與李九郎，還有他們的兒子，小雲鑼，一家人從此幸福快樂地生活著。

（頓。）

騎鯨客：說完啦？

燃犀人：您感覺呢？

騎鯨客：很久沒有聽到這麼平板的故事了，有點無聊欸。

燃犀人：如果你覺得無聊，恭喜恭喜！這叫做幸福，不要人在福中不知福。

騎鯨客：就算是日常生活，也該有點情趣，故事這麼平鋪直敘，很不精彩欸。

燃犀人：人生還是平凡踏實的好。李九郎在妻子平常用的手帕上，題下他們的訂情詩，「閨閣空企望，帘兒半掩開，忽見月影動，疑是曦風來」。

（頓。）

騎鯨客：故事如果就這樣結束，我掐死你！

燃犀人：幹嘛呀？

騎鯨客：想要聽點刺激的。

燃犀人：想要刺激的？

騎鯨客：只有剛才跳崖的時候，有一點點高潮，還有皇帝刎血而亡，有一點點好笑，其他都很平。

燃犀人：讓您嫌棄了？

騎鯨客：不敢這麼說，但有更多的期待。

燃犀人：要刺激的？

騎鯨客：啊。

燃犀人：來了。

騎鯨客：盡管來。

（略一停頓。）

燃犀人：來了一個遊方道士，看上去總有七十多了。

騎鯨客：老道士。

燃犀人：一身灰袍，手執拂塵，肩上一個瘦瘦的褡褳，背上一柄古樸的寶劍。

騎鯨客：行走江湖。

燃犀人：鶴髮童顏，仙風道骨。

騎鯨客：氣色很好。

燃犀人：神情歡愉，紫氣東來。

騎鯨客：道行高深。

燃犀人：老道士來在李九郎的菜園外，望向他們家屋頂，表情嚴肅，不說話。

騎鯨客：怎麼啦？

燃犀人：煞氣沖天。

騎鯨客：為什麼呢？

燃犀人：李九郎正在菜園忙著，看見老道士，過來見禮：「道長請了。」

騎鯨客：是。

燃犀人：老道士還禮，對九郎說：「觀察施主氣色，家中頗有事故，家裡還有什麼人？」

騎鯨客：還有老婆、兒子。

燃犀人：可否引見？

騎鯨客：好嗎？

燃犀人：李九郎引老道進屋，老道士一見到十三娘，大喝一聲：「在這兒幹什麼呢！」

騎鯨客：什麼意思？

燃犀人：十三娘心知肚明，便對丈夫說：「道長路上辛苦，去煮碗素麵。」

騎鯨客：很體貼。

燃犀人：丈夫離開，十三娘對著老道士，雙膝跪倒，盈盈下拜。說道：「弟子貪戀人世，完全因為捨不得夫妻恩情，並非有意加害他人，望道長諒察。」

騎鯨客：啊？說什麼？

燃犀人：老道士說：「人鬼殊途，既已變鬼，就該遠離塵世，酆都候審，再往六道輪迴發落。似妳這樣，人鬼共榻，纏綿於夫妻恩愛，成何體統？」

騎鯨客：十三娘，已經……

燃犀人：原來那日十三娘縱身一跳，並沒有安全搭在樹梢，而是墜落谷底。

騎鯨客：那怎麼能……

燃犀人：全靠著堅強的信念，對丈夫的堅貞愛戀，一口真氣不散，聚集魂魄，回到丈夫身邊，再續情緣，還生下了兒子。

騎鯨客：這也太奇了！

燃犀人：有道是「事不奇，則不傳」。有一些人的生命，就是精彩的故事。

騎鯨客：是。

燃犀人：老道士說：「妳待在這兒，終究不是辦法，時間長了，妳的丈夫、孩子，都要受到影響，都活不長呀！」

騎鯨客：哎呀……

燃犀人：十三娘傷心不已，懇求道：「望道長高抬貴手，再寬限些時日？」

騎鯨客：是呀，這個要求不過分。

燃犀人：老道士臉色跟銅汁灌的似的，僵硬不動。

騎鯨客：不通人情。

燃犀人：十三娘再求道：「就請給一炷香時限，容弟子道別？」
騎鯨客：給點兒寬容吧？
燃犀人：老道士慨嘆一聲，轉過頭去。
騎鯨客：這是……准了？
燃犀人：十三娘用淡淡的墨色，在一張薄紙上，寫一封絕筆信，留給丈夫。
騎鯨客：怎麼寫的？

（燈光變化。舞臺一角，九天君現身。）

九天君：（讀信）「九郎夫君如晤。
八年同窗，十年同臺，三年共枕，二十一載情意綿綿。我們同門學藝、同臺演出，更有奇特的機緣，做了夫妻。但你知道，與你相處的二十年歲月裡，最美的一刻，是什麼時候？
是在路上，我們終於遠離京城的路上。眼看著，就要下雪，我們在荒野小道旁，來到一棵老槐樹下，我說餓了，你張開斗篷，把我裹在胸膛，從包袱裡抽出半張乾癟的大餅，掰下一塊，再撕成小片，盈握在兩手之間，用你手心的溫度，暖熱了餅。一口一口的，餵我。

那時我就決定，往前去，無論前途凶險，無論是死是活，我就是你的人了。

老天可憐，給了我們三年的夫妻緣分，看看時辰也就要到了。

小時候，第一次在梨園相見，我的心，突突地跳，就知道我們塵緣不淺。現今雖然只是一縷未散的幽魂，想起你來，還感覺自己心在跳。一輩子跟了你，無怨無悔。但盼望教養我們的孩子，長大成人，千萬做一個普通人、莊稼漢，不要追求名望、不要炫耀才華，安安穩穩，做一個平凡的幸福人。

此去陰陽兩隔，再不能相見。我在轉輪王處，必不喝忘魂湯，必要在下一次轉世，找到你、認出你，再續夫妻情緣。

知疼照熱，不能隨侍，但盼珍重。

妾，十三。」

（燈光變化，焦點轉回臺中央的二人。）

燃犀人：十三娘擱下筆，從懷裡掏出那塊題著詩的手帕。

騎鯨客：李九郎當年寫的。

燃犀人：（讀詩）「閨閣空企望，帘兒半掩開，忽見月影動，疑是曦風來」。

騎鯨客：他們的定情詩。

燃犀人：攤開手帕，連同絕筆信，一塊兒壓在硯臺下。

騎鯨客：最後的道別。

（略一停頓。）

燃犀人：不一會兒，李九郎端了熱湯麵回來，發現人已走了。

騎鯨客：晚了一步。

燃犀人：細細讀了妻子留下的信，不免痛哭失聲。

騎鯨客：也是個多情種。

燃犀人：老道士收了十三娘的魂魄，念動經文，請來太乙救苦天尊，接引而去。
騎鯨客：功德無量。
燃犀人：李九郎單親撫養小雲鑼，讀書、識字，耕田、栽種，打拳、練劍。
騎鯨客：都是好事情。
燃犀人：絕對不准碰動樂器、不准手舞足蹈。
騎鯨客：不准學藝術。
燃犀人：小雲鑼長大了，進京趕考，高中第九名進士。
騎鯨客：出頭了！
燃犀人：當時已經改朝換代，新皇帝英明仁德，在瓊林大宴新科進士們。
騎鯨客：君臣同樂。
燃犀人：宴席間，梨園子弟們歌舞、歡唱、奏樂。
騎鯨客：很熱鬧。
燃犀人：皇帝呼喚：「哪位愛卿能即席寫歌，教會戲子演唱，有重賞！」
騎鯨客：這很難吧？
燃犀人：小雲鑼二話不說，提筆就寫，抓過一柄琵琶，撥動四弦。

騎鯨客：他怎麼就會？他爹不是不讓他學嗎？
燃犀人：對某些人而言，有些事，根本從娘胎裡帶來，天生就會。
騎鯨客：再怎麼堵，也堵不住他的命運。
燃犀人：皇帝龍心大悅，封為大學士，內廷行走，要隨傳隨到。
騎鯨客：不派出去當官哪？
燃犀人：皇帝一旦喜歡一個人，往往會耽誤他的前程。皇帝太欣賞小雲鑼的藝術才華，也就自動忽略了他的治國才能。
騎鯨客：到底是好是壞呢？
燃犀人：小雲鑼，到頭來還是當了一個博學多聞的戲子。
騎鯨客：命啊！
燃犀人：即興作曲，還寫了歌詞。
騎鯨客：是？
燃犀人：「閨閣空企望，帘兒半掩開，忽見月影動，疑是曦風來」。
騎鯨客：同一首？
燃犀人：爸爸寫在媽媽的小手帕上。

騎鯨客：是呀。

燃犀人：李家小雲鑼大顯才華，梨園子弟長袖善舞，眾大臣杯觥交錯，皇帝龍心大悅。

騎鯨客：太完美了。

燃犀人：便在此時，一個舞者，約莫十六、七歲年紀，一個高跳轉身，三百六十度迴旋，落地，剛好踩到雲鑼的袍角，一滑，跌進雲鑼的懷中。

騎鯨客：這……

燃犀人：雲鑼望著她，她也望著雲鑼，整個世界就這麼停了下來。

（長長的停頓。）

（突然遠處傳來人聲嘈雜。）

騎鯨客：怎麼了怎麼了？

燃犀人：河面上好像有船來。

騎鯨客：來接我們的？

燃犀人：不知道。

騎鯨客：應該是我們的船！去看看！

（公子拔腿就跑，下。老人尾隨在後，亦下。）

燃犀人：慢著點兒，別跑那麼快。

（音樂起，燈光變化。）

二・【神門・高飛】

（舞臺一角亮起。說書人九天君在光圈裡。）

九天君：這裡又有一封信，是在一個飛行員的口袋裡發現的。寫給他的妻子。

（伴隨著輕柔的音樂聲，讀信。）

「雙雙吾妻：

要帶著妳們兩個一起飛上天的承諾，食言了。

我既不是最強的犀牛，也不是孤傲的大鵬，當然更不是懦弱的四不像。我是一個丈夫、一個父親，一個在關鍵時刻會站出來的男人。敵人的槍砲，無情地施加在我們身上，把我們像獵物一般，玩弄打殺，我們想躲、我們想逃，但總有人該站出來面對，試著抵抗。

終於明白，我在少年時代的種種荒唐，其實是最好的準備。我熟悉飛行，熟悉天空航道，熟悉江山大地，是時候該把這一切的經驗貢獻出來，為了妳們母女，也為了包含妳們母女在內的，我的同胞。

人的一生，能否說成故事？怎樣活過的人，敢說自己的生命，是一則故事？我的故事只說給妳聽，有妳陪我笑、陪我哭、陪我甜美、陪我心痛。夠了，我心滿意足。

但願我的努力，所帶給妳們的，是山巒、小河、湖泊，是永遠的太平盛世。想起我，就去家後草地，看看陌頭上的紫斑風鈴草。

女兒的小腳像妳一樣，冰涼，記得，睡前兩人都要套上襪子。

高飛，妳的丈夫。」

（音樂聲漸漸淡去。背景古地圖變幻著，疆域、顏色呈現出光明、輕柔的色調。）

（燈光變化，說書人消失，老人與公子坐在中央石階上。）

燃犀人：我喜歡玩兒。

騎鯨客：喜歡玩兒什麼？

燃犀人：舉凡木雕、瓷器、白玉、鐘錶、鼻煙壺。

騎鯨客：喜歡小玩意兒。

燃犀人：大的也玩兒。

騎鯨客：多大的？

燃犀人：重機、跑車、遊艇、帆船。

騎鯨客：這……怎麼玩兒？

燃犀人：重機，就騎呀。

騎鯨客：騎去哪兒？

燃犀人：就……騎嘛，騎到哪兒算哪兒。

騎鯨客：漫無目標。

燃犀人：跑車，就開嘛。

騎鯨客：開去哪兒？

燃犀人：開到哪兒算哪兒。

騎鯨客：你們家有錢，燒油當喝水。

燃犀人：這不算什麼！我有個朋友，玩兒飛機。

騎鯨客：飛機？

燃犀人：人如其名，叫高飛。

騎鯨客：高飛，搞飛機。

燃犀人：家裡有錢，人也聰明，自己裝配了一架雙翼單引擎的小飛機。

騎鯨客：遙控飛機。

燃犀人：什麼年代？哪有遙控？人開的飛機。

騎鯨客：開飛機？

燃犀人：早晨醒來第一件事，擦飛機。

騎鯨客：跟愛車的人一樣。

燃犀人：中午以前，保養零件，中午以後，研究發展。

騎鯨客：發展什麼？

燃犀人：可以加裝在飛機上的各種裝備。

騎鯨客：嗯？

燃犀人：吃晚飯以前，發動引擎，暖機一小時。

騎鯨客：然後？

燃犀人：然後熄火，罩好帆布套，回家睡覺。

騎鯨客：不飛呀？

燃犀人：每個禮拜六，升空盤旋一次。

騎鯨客：挺有規律。

燃犀人：打從他十六歲起就這樣，周而復始。

騎鯨客：飛機控。

燃犀人：飛機停在他們家後頭的一片大草地上，起飛降落，都沒有障礙物。

騎鯨客：有錢有閒，真好。

燃犀人：時光匆匆，十年過去了，高飛已經是二十多歲的大老爺們兒。

騎鯨客：還在玩兒？

燃犀人：家人擔心他這麼一直玩下去，正事兒都耽誤了。

騎鯨客：什麼正事兒呀？

燃犀人：正經事兒。娶妻、生子。

騎鯨客：還是傳統觀念。

燃犀人：於是給說了一門親事，對方是一個十六歲的少女，叫雙雙。

騎鯨客：聽起來不錯。

燃犀人：是不錯，這個雙雙，聰明伶俐，還善解人意，高飛說話的時候，她總是聽，不亂插話。

騎鯨客：好孩子。

燃犀人：高飛修飛機，雙雙一旁看著。高飛說飛機，雙雙聽著。高飛說飛機在天上飛的樣子，雙雙邊聽邊笑著。

騎鯨客：高飛好像比較喜歡飛機。

燃犀人：高飛還要開飛機，雙雙跟著。

騎鯨客：要帶她一起飛呀？

燃犀人：想得美！

騎鯨客：啊？

燃犀人：高飛走在前頭，雙雙距離五步，跟著，來到草地上。高飛突然停下來，說：

「行了！到這兒就行了，別再跟上來。」說著手心朝下、手背朝上，擺擺四根手指，像是驅趕小狗似地，說：「回去吧！」

騎鯨客：感覺怪怪的。

燃犀人：雙雙感覺怪怪的，卻又說不上是哪裡怪？

騎鯨客：太明顯了，高飛其實不愛她！

燃犀人：陌頭上，長滿一叢一叢的紫斑風鈴草。

騎鯨客：紫斑風鈴草？

燃犀人：中原地區常見的野花，小花像是吊鐘似的，叮叮咚咚，夏季開花。

騎鯨客：明白了。

燃犀人：那時端午節剛過，還沒開花，飛機凌空而起，四片銀色的翅膀反射陽光，帶起的風捲過草地，風鈴草刷……刷……呼應著。

騎鯨客：飛機飛走了。

燃犀人：雙雙站在田埂上，眼睛裡含著淚水。

騎鯨客：哭啦？

燃犀人：不，是飛機起飛揚起的沙塵。

騎鯨客：喔。
燃犀人：高飛在空中，調整方向，向著東南方飛去。
騎鯨客：嗯。
燃犀人：往下看去，山巒起伏、層峰疊翠，蜿蜒的河水，聚落的人家。
騎鯨客：百姓安居樂業。
燃犀人：飛著飛著，出現了一塊一塊的湖水。
騎鯨客：湖水，怎麼一塊一塊的呢？
燃犀人：沼澤。
騎鯨客：哦！
燃犀人：剛好試一試飛機的新裝備。
騎鯨客：是……什麼？
燃犀人：水上氣墊。
騎鯨客：水上氣墊？
燃犀人：剛好適合在沼澤降落。
騎鯨客：挺先進的。

燃犀人：高飛停穩了飛機，發現角落樹叢裡，有一隻巨大的野獸。
騎鯨客：小心！
燃犀人：頭上長著寬寬的角，長長的臉，小小的眼睛，臉上還有鬍子。
騎鯨客：什麼怪東西？
燃犀人：是一隻「四不像」。
騎鯨客：四不像？
燃犀人：臉像馬而不是馬，角像鹿而不是鹿，頸像駱駝不是駱駝，尾巴像驢不是驢。
騎鯨客：四不像。
燃犀人：是「武王伐紂」的總司令官，姜子牙姜太公的坐騎。
騎鯨客：啊！對！
燃犀人：高飛放慢了動作，讓四不像別害怕。四不像其實是很溫馴的動物，就走近來，對高飛說……
騎鯨客：四不像會說話？
燃犀人：動物都會說話，只看牠願不願意說。
騎鯨客：喔。

燃犀人：牠說，自己是最膽小的四不像，同伴探險，牠不敢去。有獵人來了，牠跑得最快、躲得最遠，因此，同伴被獵殺殆盡，一一死去，牠卻獨活了下來。現在，牠是大沼澤中，最後的一隻四不像。

騎鯨客：什麼？

燃犀人：牠讓高飛撫摸了頭上的大角。

騎鯨客：挺溫順的。

燃犀人：那天天氣晴朗，天光水影閃耀，四不像就這麼消失在天光水影之間。

騎鯨客：彷彿沒有來過。

（頓。）

燃犀人：雙雙聽完高飛說的故事，心裡甜甜的。

騎鯨客：只聽了故事，有什麼好甜的？

燃犀人：欸！高飛是自己一個人去的，回來之後，又只跟雙雙說了故事，在這個世界上，只有他們兩個人知道這個故事。

騎鯨客：傻丫頭。

燃犀人：雙雙心裡好感動，忍不住，就自己抱著高飛。

騎鯨客：太主動了。

燃犀人：於是，高飛到雙雙家提親，兩人就正式訂親了。

騎鯨客：太便宜他了。

燃犀人：然而，高飛還是要飛。

騎鯨客：都訂親了，該有點責任心了，還飛。

燃犀人：開飛機和訂不訂親，並沒有關係。

騎鯨客：那是不是該考慮，帶著未婚妻飛一趟呢？

燃犀人：想得美！

騎鯨客：啊？

燃犀人：高飛走在前頭，雙雙距離五步，跟著，來到草地上。高飛突然停下來，說：「行了！到這兒就行了，別再跟上來。」說著手心朝下、手背朝上，擺擺四根手指，像是驅趕小狗似地，說：「回去吧！」

騎鯨客：又是這樣。

燃犀人：雙雙覺得，高飛應該說點什麼話。
騎鯨客：說什麼呢？
燃犀人：兩人既然訂親了，至少應該說兩句貼心的。
騎鯨客：趁著旁邊沒人，說吧。
燃犀人：但是，高飛什麼也沒說，頭也不回地，跳上飛機，發動引擎。
騎鯨客：太絕情了。
燃犀人：陌頭上，長滿一叢一叢的紫斑風鈴草，中秋節過後，紫花盛開，飛機凌空而起，四片銀色的翅膀反射陽光，帶起的風捲過草地，風鈴草叮噹……叮噹……呼應著。
騎鯨客：他又遠走高飛了。
燃犀人：草地上，雙雙孤單呆站著。
騎鯨客：傻呀！
燃犀人：明明心裡酸，嘴唇不自覺地往上翹、嘴角往下掛，但是，雙雙努力地拉高嘴角，勉強擠出笑容。
騎鯨客：這是何苦呢？

燃犀人：在家裡，大人再三教過，無論什麼情況下，在男人面前，一定要笑。不管自己心裡多不情願、不管心裡多委屈，都要保持笑容。因為，男人最不願意看到苦臉、臭臉的女人。多大的委屈、多大的冤枉，臉一臭，男人再也不理妳，就再也找不回公道了。

騎鯨客：女人難為呀。

（頓。）

燃犀人：雲頭上，高飛飛向西南方。

騎鯨客：西南方有什麼呢？

燃犀人：山巒起伏、層峰疊翠，蜿蜒的河水，聚落的人家。

騎鯨客：百姓安居樂業。

燃犀人：突然，變天了！一大團暴風雨擱在面前。

騎鯨客：快閃開。

燃犀人：高飛抓穩了控制桿，衝進去！

騎鯨客：追求刺激。

燃犀人：暴雨、旋風、閃電。在旋轉的雲裡有一大塊空間，陽光燦爛，從頂端射下來。

騎鯨客：太壯觀了！

燃犀人：便在此時，高飛看見正下方，是一個大湖，大到無邊無際。

騎鯨客：那是海吧？

燃犀人：啟動水面降落浮筒。

騎鯨客：還有水面浮筒？

燃犀人：他親手裝配的。飛機頂著強風、大雨，在水面降落，像艘水翼船似的，彈跳到岸邊。

騎鯨客：技術高超。

燃犀人：高飛綁好了飛機，才發現岸邊有人一直在看他。

騎鯨客：當地老百姓？

燃犀人：一隻巨大的白犀牛。

騎鯨客：誰？

燃犀人：巨大的四根蹄子、巨大的身軀、鼻頭一根長長的犀牛角。

騎鯨客：太恐怖了。

燃犀人：錯。犀牛一點也不恐怖，只要不招惹牠，其實也非常溫馴。

騎鯨客：還是離遠一點好。

燃犀人：犀牛從沒看過從天而降的人類，牠對高飛說……

騎鯨客：犀牛也說話？

燃犀人：說自己是大湖畔最後一隻犀牛。原本是族群裡最勇猛的犀牛，逞兇鬥狠，鬥敗了所有的公犀牛。多少次逃過獵人的捕殺，但就算勇猛，也不得不面對一個殘忍的現實。

騎鯨客：那是？

燃犀人：群體滅絕，只剩下牠一個獨活下來，一樣是絕望。

騎鯨客：唉！

燃犀人：柳宗元的詩裡寫道「金節煌煌，錫質雕戈。犀甲熊旂，威命是荷」。

騎鯨客：古代軍隊的鎧甲，很多是犀牛皮做的。

燃犀人：傾盆大雨，雨水與湖水沒有了界線。

騎鯨客：上下都是水，都模糊了。

燃犀人：犀牛緩步走進湖水，終於沒頂。

騎鯨客：嗯。

（頓。）

燃犀人：雙雙聽完高飛說的故事，心裡美美的。
騎鯨客：只聽故事，她自己又沒去，有什麼好美的？
燃犀人：欸！高飛回來之後，只跟雙雙說了故事，在這個世界上，只有他們兩個人知道的故事。
騎鯨客：傻女人。
燃犀人：雙雙心裡好感動，忍不住，就抱著高飛，親了親。
騎鯨客：太便宜了。
燃犀人：於是，高飛到雙雙家下聘，兩人正式拜堂成親。
騎鯨客：做了夫妻。
燃犀人：高飛決定，在新年到來之前，要再飛一趟。
騎鯨客：啊？

燃犀人：高飛走在前頭，雙雙距離五步，跟著，來到草地上。高飛突然停下來，說：「行了！到這兒就行了，別再跟上來。」說著手心朝下、手背朝上，擺擺四根手指，像是驅趕小狗似地，說：「回去吧！」

騎鯨客：總是這樣。

燃犀人：雙雙覺得，兩人既然已經拜堂完婚了，還要分別，就該擁抱。

騎鯨客：像這樣？

（公子冷不防地熊抱老人。）

燃犀人：走開！

騎鯨客：對不起……

（頓。）

燃犀人：陌頭上，一叢一叢的紫斑風鈴草，有些乾損凋零。快過年了，灰灰的天、低低的雲，眼看要下雪。

騎鯨客：就這樣的天氣，還飛呀？
燃犀人：高飛揚長而去，飛機很快就鑽進了雲裡。
騎鯨客：這人太執著了。
燃犀人：趁著呼嘯的風，雙雙放聲大哭。
騎鯨客：憋太久了。
燃犀人：眼淚、汗水、鼻涕、口水，一次都噴發了出來。
騎鯨客：痛快地發洩一場！
燃犀人：迎著北風，全結冰了。
騎鯨客：啊？
燃犀人：青青黃黃的，凍了一臉。
騎鯨客：什麼形象？快去洗乾淨！

（頓。）

燃犀人：這一邊，高飛一路向西北，在雲層裡鑽了很久，始終出不來。

騎鯨客：自找的。

燃犀人：看不見山巒起伏層峰疊翠，看不見蜿蜒的河水，看不見聚落的人家。

騎鯨客：但是百姓仍然安居樂業。

燃犀人：突然眼前出現一座山峰，插天入雲！

騎鯨客：多高的山呀！

燃犀人：山的半腰，有一處橫生出來的懸崖，一泓瀑布流瀉而下。

燃犀人：驚奇絕美的景色。

騎鯨客：高飛眼看無法正常降落，啟動半空磁浮裝備！

（頓。）

騎鯨客：你這到底是什麼年代？

燃犀人：不確定的年代，但總在二十世紀。

騎鯨客：太亂了吧？又雙翼飛機、又沼澤裝備、又水上浮筒，現在磁浮也用上了，時空錯亂！

燃犀人：我正在說一個故事，說故事，講究浪漫，是隨心所欲的。

騎鯨客：資料正確，故事比較可信。

燃犀人：信不信隨你。如果這麼在乎資料的正確，大可以去研究科學，不必浪費時間聽故事了。然而到頭來你也會發現，科學終究也是浪漫的，那些在乎正確的人，無非就是一群讀死書的呆子。

（頓。）

騎鯨客：我愛聽故事，我活該。

燃犀人：人的一生，能否說成故事？怎樣活過的人，敢說自己的生命，是一則故事？

騎鯨客：也對。

燃犀人：天空出現另一架飛機，從雲裡慢慢壓低、盤旋、降落……是一隻鳥。

騎鯨客：嗐！就一隻鳥。

燃犀人：一隻像飛機那麼大的，大鵬鳥。

騎鯨客：這……

燃犀人：大鵬鳥鼓動翅膀，在飛機旁邊盤旋，斜眼看著他，看了許久。

騎鯨客：沒見過？

燃犀人：從沒見過人類。

騎鯨客：啊？

燃犀人：牠說了。說自己是最孤傲的大鵬鳥，離群索居，一直往高峰峭壁上飛，不理會鳥群，以至於鳥群遷離了，牠都不知道，獨自被留在這座孤高的山峰上。

騎鯨客：又是最後一個。

燃犀人：岳飛出生的時候，他老娘做夢夢見大鵬鳥在他們家屋頂盤旋。

騎鯨客：所以岳飛字鵬舉。

燃犀人：岳飛一輩子，也是非常孤單。

騎鯨客：滿朝文武，最後只剩下他一個人在抵抗金兵。

（頓。）

燃犀人：牠對高飛說：「這裡不是你該來的地方，我送你一程。」於是把整架飛機抓起，直帶上雲層上端。

騎鯨客：那裡是同溫層，雙翼飛機是敞篷的，又冷又沒空氣，飛行員受不了。

燃犀人：高飛有吃氧氣口香糖。

（頓。）

騎鯨客：我真是多管閒事。

燃犀人：大鵬鳥等到飛機已經達到速度，鬆開雙爪。

騎鯨客：高飛自己飛。

燃犀人：牠收束翅膀，落入雲霧之中。

騎鯨客：啊……

（頓。）

燃犀人：雙雙聽完高飛說的故事，心裡痛痛的。
騎鯨客：不過是個故事，有什麼好心痛的？
燃犀人：高飛只跟雙雙說了故事，只跟自己的妻子分享了心痛，在這個世界上，只有他們兩個人知道故事，只有他們兩個人能陪著彼此心痛。
騎鯨客：傻人。
燃犀人：雙雙心裡越想越痛，忍不住，緊緊抱著高飛。
騎鯨客：太主動了。
燃犀人：於是，在暖暖的被窩裡，他們恩愛。
騎鯨客：太……太理所當然了。

（頓。）

燃犀人：春去秋來，整整過去了兩年多，眼看又過了端午節。陌頭上的紫斑風鈴草，開滿了叮叮咚咚的小花。
騎鯨客：夏天到了。

燃犀人：高飛和雙雙的女兒也滿周歲了。
騎鯨客：哎呀！真好。
燃犀人：雖然兩年沒飛，但高飛還是經常保養、發動飛機，他在進行一項重大改裝工程。
騎鯨客：那是？
燃犀人：改裝成雙座，他要帶著妻子、女兒，全家翱遊，去到那些神話傳說的地界。
騎鯨客：太棒了！這才對嘛！
燃犀人：然而，七月，傳來壞消息。
騎鯨客：怎麼了？
燃犀人：帝國的紅太陽，從東方大海上升起，帝國的軍隊踐踏了土地，百姓再也無法安居樂業。河水裡躺著屍首，聚落中滿是野鬼。
騎鯨客：山河變色了。
燃犀人：高飛一句話也沒說，把原本銀色的翅膀、鮮亮的機身，都塗抹成深沉的顏色。
騎鯨客：嗯。
燃犀人：寫好了一封信，收在飛行裝的口袋裡。
騎鯨客：那封信。

燃犀人：最後一次抱抱女兒、最後一次親吻妻子。毅然跳上飛機，鷹揚而去。

騎鯨客：欸。

燃犀人：陌頭上，紫色風鈴草歡愉地合唱，為高飛送行。

騎鯨客：去吧！

燃犀人：朝向太陽升起的方向，堅定高飛過去。

騎鯨客：好！

燃犀人：草地上，雙雙抱著女兒，望向東方，早已不見了高飛的影子。

騎鯨客：這次不知道還回不回來？

燃犀人：女兒正在牙牙學語，在懷中問道：「爸爸……回來？」

騎鯨客：小孩子不懂。

燃犀人：雙雙沒有把握，這次還能不能把丈夫盼回來，聽他說那些讓心頭甜甜的、美美的，哪怕是痛痛的故事？但是她打定了主意，就算高飛一去再也不回來，她也要噙著淚水，展開歡顏，暢快地笑。

（音樂起，燈光變化。）

三·【人門·二寶】

（音樂聲，從柔美明亮轉變為變形詭異，仔細聽辨，是那首有名的〈小毛驢〉。）

（舞臺一角燈亮，九天君在光圈裡唱歌，速度平緩而柔美。）

九天君：（唱）我有一隻小毛驢，從來也不騎。
有一天我心血來潮，騎著去趕集。
我手裡拿著小皮鞭，心裡正得意。
不知怎麼嘩啦啦啦啦，摔了一身泥。

（燈光變化。背景古地圖變幻，顏色變成無色的灰階。老人與公子還在場中央。）

燃犀人：我愛玩兒。

騎鯨客：都玩兒些什麼？

燃犀人：遊山玩水。

騎鯨客：怡情養性。

燃犀人：讀萬卷書、行萬里路。

騎鯨客：也是為了增廣見聞。

燃犀人：在外面跑，一不小心，就會玩兒瘋了。

騎鯨客：玩兒夠了，該回家了。

燃犀人：玩兒，還有夠的？

騎鯨客：啊？

燃犀人：回家，無非是因為累了，回窩裡休息休息。

騎鯨客：功能性的。

燃犀人：我媽常說：「這孩子回家，算是撿著的。」

騎鯨客：拿家當旅館了。

燃犀人：其實我這種個性，其來有自。

騎鯨客：怎麼說？

燃犀人：我父親，就愛在外頭跑。

騎鯨客：遺傳。

燃犀人：我父親，當年離家，就是因為覺得好玩兒。

騎鯨客：怎麼說呢？

燃犀人：當時只有十四歲，中學生。有一天，校長宣布，要到外省采風實習，自由參加，吃住交通，費用全由學校負責。

騎鯨客：真好康。

燃犀人：我爸報名參加了。

騎鯨客：愛玩兒嘛。

燃犀人：他的三哥，我的三伯，剛上高中，也參加了他們校長主辦的外省實習團。

騎鯨客：怎麼大家都要外省實習呀？

燃犀人：內戰爆發了。

騎鯨客：啊？

燃犀人：藍軍、紅軍都需要補充兵員，就唬嚨學生。

騎鯨客：幹嘛？

燃犀人：所謂實習，其實就是當兵。前線年長的兵戰死，這些小的，就要上去補充，當砲灰。

騎鯨客：這麼慘？

燃犀人：更慘的是，我爸不知道，他的校長是藍軍。我三伯也不知道，他的校長是紅軍。

騎鯨客：兄弟分屬不同陣營。

燃犀人：萬一真到了戰場上，親兄弟舉著槍桿子，互相瞄準了，這……開不開槍？

騎鯨客：這怎麼開得了槍？

燃犀人：還好，在悲劇發生之前，就已經分出了勝負。

騎鯨客：還好。

燃犀人：三伯那邊獲勝，衣錦還鄉，我爸這邊戰敗，灰頭土臉。

騎鯨客：親兄弟際遇不同。

燃犀人：大家苟活於亂世，終究算是保全了性命。

騎鯨客：這就萬幸。

燃犀人：還有那些死了的、不知去向的，在荒山野嶺做了孤魂野鬼的。

騎鯨客：太可憐了。

燃犀人：想回家，還找不著路。

騎鯨客：更可憐。

燃犀人：我爸有個同學，叫姜二寶，就在外頭瞎逛了很多年。

騎鯨客：什麼意思？

燃犀人：內戰結束了，還不回家，還在外面亂跑。

騎鯨客：愛玩兒呀。

燃犀人：原本十幾個同學，逛著逛著，剩下五個。

騎鯨客：去哪兒了？

燃犀人：回家的回家，回老家的回老家。

騎鯨客：喔。

燃犀人：剩下五個人，都是老鄉，決定一起回家吧。

騎鯨客：回家最好。

燃犀人：但是，這幾年在外面混得不怎麼樣，無顏見江東父老。

騎鯨客：好面子。

燃犀人：至少該給爹娘帶點禮物。
騎鯨客：還算有良心。
燃犀人：有人從店裡偷了雙鞋。有人從飯館桌上偷了頂帽子。有人從別人家的晾衣架上偷了件外套。有人從妓院裡偷了床被子。
騎鯨客：欸！幹嘛都用偷的？
燃犀人：不然呢？
騎鯨客：喜歡什麼，用錢買呀。
燃犀人：哪有錢？
騎鯨客：沒錢？
燃犀人：打了敗仗的幾個逃兵，根本流落鄉里，要飯了。
騎鯨客：啊？
燃犀人：打算一路走回家鄉。
騎鯨客：那得走多久啊？
燃犀人：好幾年過去了，這幾個人，根本摸不清方向，偶爾能混到一頓吃的就不錯了，也就逐漸忘記了回家。

騎鯨客：錯亂了。

燃犀人：由於打仗打到最後，跑到了東南方。而家鄉在西北方，於是，幾個人憑著直覺，一路往西北而來。

騎鯨客：還可以。

燃犀人：這一日，來到一條大河邊，剛好有個渡口，得等擺渡的船家。

騎鯨客：嗯。

燃犀人：肚子餓了，鑽進河邊樹林子裡找找？

騎鯨客：那能有什麼？

燃犀人：嫩草、樹葉，幸運的話，河灘上能撿到活螃蟹，林子裡要有野兔野雞，那就更美啦！

騎鯨客：倒是不錯。

燃犀人：穿過樹林，居然有一個菜園。

騎鯨客：啊？

燃犀人：園子裡的白菜，長得是又肥又高。

騎鯨客：可以飽餐一頓。

燃犀人：眾人仔細一瞧，咦？一個涼棚，裡面一張長桌，桌上擺滿了東西。
騎鯨客：東西？
燃犀人：吃的東西。
騎鯨客：都有什麼？
燃犀人：新鮮的黃瓜、煮好的玉米、蒸好的地瓜，大餅、饅頭、窩窩頭。
騎鯨客：都是尋常食物。
燃犀人：插著一塊牌子，寫著兩個字，「自便」。
騎鯨客：這麼好？
燃犀人：二寶覺得奇怪？
騎鯨客：有什麼奇怪？
燃犀人：這樣偏僻的地方，還有人家？還有糧食，供應過往行人客商？
騎鯨客：是有點可疑。
燃犀人：那些仙狐鬼怪小說裡，經常就會出現這些好事，迷惑眾人。
騎鯨客：書也看了不少。
燃犀人：眾人舉棋不定，吃還是不吃呢？

騎鯨客：餓了，就吃吧。
燃犀人：菜園子的另一頭，傳來歌聲。
騎鯨客：誰？
燃犀人：一位大娘，一邊澆水，一邊唱歌兒。
騎鯨客：唱什麼呢？
燃犀人：（唱，有西北口音）「我有一頭小毛驢兒，從來不騎，有一天我高了興，騎著去趕集。」
騎鯨客：好像跟剛才他唱的（指九天君）有點不一樣？
燃犀人：一般唱的是國語普及版。這位大娘唱的，是西北鄉音的原汁原味版。
騎鯨客：喔！原始唱法。
燃犀人：（續唱）「我手裡拿著小皮鞭，嘚喲個嘚兒嘿！劈里啪啦嘩啦啦啦啦，摔了一身泥！」
騎鯨客：嘿，這個唱法很新鮮。
燃犀人：必須是道道地地的老鄉，才懂得的唱法。
騎鯨客：是是是。

燃犀人：幾個小夥子聽著聽著，都愣住了。
騎鯨客：聽到鄉音了。
燃犀人：好久沒有聽到這個唱法，太親切了。
騎鯨客：家的感覺。
燃犀人：聽到這首家鄉民謠，證明了，大家已經回到家鄉了？
騎鯨客：這才發現。
燃犀人：姜二寶大聲喊：「這位大娘！這些東西，我們……都可以吃的嗎？」
騎鯨客：多此一問。
燃犀人：大娘聽見有人呼喚，放下工作，過來見面。看見這幾個小子，不免愣住了。尤其對著姜二寶，上下打量了好一會兒。
騎鯨客：怎麼了？
燃犀人：大娘說：「看來，你們都是當兵的學生。跟我兒子一樣，盼了好些年了，他始終沒回來。我就希望，他在外頭別餓著，總有那些好心人，能給他點兒吃的。所以我這麼做，就是希望得個好報應。」
騎鯨客：好單純的願望。

燃犀人：「吃吧，別客氣。」

騎鯨客：吃吧。

燃犀人：大娘在一旁，看著幾個小夥子吃東西，眼神就沒離開二寶。

騎鯨客：這到底是什麼意思？

燃犀人：大娘忍不住了，對著二寶問道：「小夥子，家在哪兒呀？」

騎鯨客：問這幹嘛？

燃犀人：二寶沒回答。

騎鯨客：陌生人問話，是該小心。

燃犀人：倒不是防備，而是……他忘了？

騎鯨客：忘了自己家？

燃犀人：愣在那兒老半天。大娘又說了：「我那兒子，恐怕跟你一樣，在外頭玩兒瘋了，連家在哪兒都忘了。」

騎鯨客：很多人都有這毛病。

燃犀人：「小的時候就走丟過一次，走丟了三天，自己又回來了，也說不清楚去了哪兒。」

騎鯨客：還回來了，運氣好！
燃犀人：「希望這次他也能想起來，終究能夠回來。」
騎鯨客：做娘的，總盼著兒子回來。

（頓。）

燃犀人：二寶說話了。
騎鯨客：說什麼？
燃犀人：「在軍隊裡，長官要我們寫平安家書，向家裡報平安。」
騎鯨客：以免家人擔心。
燃犀人：「我們每個人都寫了。」
騎鯨客：哦？
燃犀人：說著，二寶從上衣左邊口袋取出一張紙片。
騎鯨客：這是第一封信。

（燈光變化。說書人一角亮。）

九天君：（讀信）「母親大人膝下敬稟。

國難當頭，匹夫有責，兒響應委員長之號召，投筆從戎，已匆匆過去眼下，日寇雖滅，匪黨未除。我中華兒女，必須團結一心，為四萬萬五千萬同胞的幸福、為河山社稷的長治久安，努力奮鬥。我軍屢屢告捷，奏凱之日不遠。母親企予相望，兒豈能不知？還望相忍為國，待得勝利返鄉，兒必當日暮不離，承歡膝下。兒，二寶敬筆。」

（燈光變化。焦點轉回舞臺中央二人。）

騎鯨客：這封信……聽起來……假假的？

燃犀人：為求「正確」，不得不為。

騎鯨客：「正確」？

燃犀人：所有的學生，都按照標準格式，寫了一樣的信，放在軍裝上衣，左邊的口袋裡。

騎鯨客：按照規定的呀？

（頓。）

燃犀人：二寶讀完了信，對大娘說：「您要是收到您兒子寄來的這麼一封信，千萬別相信。是騙您的。」

騎鯨客：他給說穿了。

燃犀人：大娘又給學生們做了晚飯，二寶點的，清湯麵魚兒。

騎鯨客：太好了。

燃犀人：學生們來到渡口，當晚，睡在渡口的棚子裡。肚子吃飽了，一夜好眠。

騎鯨客：那是當然。

燃犀人：隔天天亮，渡船到了，二寶遲疑了。

騎鯨客：怎麼？

燃犀人：想起那位大娘，準備了好多吃的，不如再去跟她多要些乾糧，帶在路上，免得挨餓。
騎鯨客：都餓怕了。
燃犀人：三位同學上了渡船，約好對岸相見。一位同學陪著二寶，回到大娘家。
騎鯨客：好吧。

（頓。）

燃犀人：狀況有點不對？
騎鯨客：怎麼了？
燃犀人：菜園子一夜之間變成了荒地，涼棚子沒了，桌板上擺著幾個楨子頭。
騎鯨客：這是？
燃犀人：最詭異的是那位大娘。
騎鯨客：她？
燃犀人：一夜之間，蒼老許多，原本挺精神的中年人，怎麼就白了大半的頭髮呢？

騎鯨客：這？

燃犀人：她看見二寶折返回來，情緒十分激動，握著他手，掉著眼淚，久久說不出話來。

騎鯨客：她自己的兒子不回來，對二寶產生了移情作用。

燃犀人：大娘說：「小夥子，我再一次問你，家在哪兒啊？」

騎鯨客：想起來了嗎？

燃犀人：「我那兒子，十二歲逃家，跟幾個同學逃到山裡去，故意躲著不回家。村裡人找啊！好幾家人的孩子哪！還以為是遇到壞人，騙去給賣了。結果，七天之後，幾個臭孩子，跟沒事兒一樣，回家來了。我一句也沒罵他。回來就好……回來就好……」

騎鯨客：娘，總盼著兒子回來。

（長長的停頓。）

燃犀人：二寶從上衣右邊口袋，取出一張紙片。

騎鯨客：這是第二封信。

（燈光變化。說書人一角亮。）

九天君：（讀信）「娘，近來可好？

兒在外三年，無時不盼著能早日返家，兒在南方，工作、家庭兩方得意，還不曾請示母親，兒已私自結婚，且育有一子，祈盼母親大人原諒。

殲滅匪黨的任務，已到了最後關鍵時刻，兒在軍中，擔負重大責任，不敢擅離職守。但盼永享太平的日子，早日到來。

不孝兒，二寶。」

（燈光變化。焦點轉回舞臺中央二人。）

騎鯨客：這封信還是怪怪的。
燃犀人：必要之謊言。
騎鯨客：怎麼說？
燃犀人：明明在敗，偏說自己快要勝了，還編出成家立業的謊話。
騎鯨客：有必要嗎？
燃犀人：當然有必要。
騎鯨客：信寄給老娘，老娘會信嗎？
燃犀人：信不會寄給老娘，信是放在軍裝上衣右邊口袋裡的。
騎鯨客：內容不可信。
燃犀人：他自己相信就行啦。
騎鯨客：這……
燃犀人：有很多話，是說給自己聽的。多麼不可思議的謊話，多說幾遍，自己相信，也就夠了。
騎鯨客：騙自己？
燃犀人：當天晚上，大娘親手為二寶和同學，做了酸辣涼皮兒。

騎鯨客：好東西！

燃犀人：吃好了，同學要說該去等船，二寶想和大娘多說話，就讓同學先去。

騎鯨客：一老一小，投緣了。

燃犀人：大娘讓二寶躺在榻上，搧著一把芭蕉葉兒，說著故事，什麼「武王斬龍做臊子」囉，「哪吒鬧龍宮」囉，「姜子牙大破誅仙陣」囉。每一個故事聽起來是那麼的新鮮，卻又那麼熟悉，彷彿以前早就聽過似的。

騎鯨客：喔？

燃犀人：一覺醒來，天色大亮！

騎鯨客：這？

燃犀人：睡過頭了！

騎鯨客：哎呀！

燃犀人：二寶急急穿過樹林，來到渡口，同學已不見蹤影。

騎鯨客：早走了。

燃犀人：不知怎地，二寶反而有一種慶幸，慶幸自己又可以多留一天。

騎鯨客：好嘛。

燃犀人：慢慢走回大娘家，發現更不對了？

騎鯨客：怎麼？

（停頓。）

燃犀人：田園荒蕪不說，房子也垮了一半。

騎鯨客：一夜之間，又變了！

燃犀人：就連四周的樹林，也乾枯了一大片。

騎鯨客：這地方果然鬧鬼呀！

燃犀人：榻上一個老人，枯槁的身形、散亂的白髮，看不出來還活不活著？

騎鯨客：恐怖！

燃犀人：二寶直覺喊了一聲：「大娘？」

騎鯨客：是嗎？

燃犀人：老人動了一動，側身起床，問道：「誰呀？」

騎鯨客：不認識了嗎？

燃犀人：「是我呀，姜二寶。」
騎鯨客：是呀。
燃犀人：「你又來啦？還有什麼說法呀？」
騎鯨客：這話什麼意思？
燃犀人：二寶從棉衣的夾縫裡，又取出一張紙片。
騎鯨客：這是第三封信。

（燈光變化。說書人一角亮。）

九天君：（讀信）「娘，好幾年過去了。兒在外，好想您，好想念在家的日子。在外
地，諸多不便，也得為了生活，多多努力。
兒工作繁重，一旦有了時間，必定飛也似地，返家探望。
盼望娘在家中，身體健康，精神愉快。
兒，二寶。」

（燈光變化。焦點轉回舞臺中央二人。）

騎鯨客：這封信寫得好多了。

燃犀人：是吧。

騎鯨客：但還是有漏洞，好像還在為自己的行為找理由。

（頓。）

燃犀人：老太太對信的內容，沒什麼反應，還是直盯盯地看著二寶。

騎鯨客：太恐怖了。

燃犀人：坐在榻上，兩手撐著身子，顫顫巍巍，問道：「小子，我問你的話，始終還沒答我，想起家在哪兒了嗎？」

騎鯨客：怎麼還問？

燃犀人：二寶對大娘說：「我可以有個額外的要求嗎？」

騎鯨客：是什麼呢？

燃犀人：「可以請您再唱一次〈小毛驢〉嗎？」
騎鯨客：這？
燃犀人：「不知怎麼的，那天聽您唱，特別感到親切，想再聽一次。」
騎鯨客：那？
燃犀人：老大娘站起身來，搖搖晃晃，擺好了架勢。清清嗓子，就要唱了。
騎鯨客：唱吧。
燃犀人：（唱，西北口音）「我有一頭小毛驢兒，從來不騎，有一天我高了興，騎著去趕集。我手裡拿著小皮鞭，嘚喲個嘚兒嘿！劈里啪啦嘩啦啦啦啦，『我』摔了一身泥！」
騎鯨客：這個唱法多致。
燃犀人：二寶聽了，愣在當場，久久說不出話來。
騎鯨客：怎麼了？
燃犀人：這個唱法，別人只當是原汁原味，但對二寶而言，有特殊意義。
騎鯨客：哦？
燃犀人：最後一句「劈里啪啦嘩啦啦啦啦，『我』摔了一身泥！」，多了一個「我」。

騎鯨客：有什麼意義嗎？

燃犀人：這是二寶他娘的特殊唱法。小時候，娘總是讓二寶騎跨在大腿上，抖著腿，唱〈小毛驢〉，顛顛噠噠的，彷彿在騎驢。

騎鯨客：比現在投幣式的電動小馬要實惠。

燃犀人：每唱到這一句，「『我』摔了一身泥！」的時候，娘會故意把腿抬高，順勢將二寶一抱，向上拋飛。二寶總在此時，尖叫狂笑。

騎鯨客：原來就是娘啊。

燃犀人：「知道我愛吃清湯麵魚兒的，是我娘。知道我愛吃酸辣涼皮兒的，是我娘。知道我愛聽的故事，是我娘。知道該這麼唱〈小毛驢〉的，是我娘。」

騎鯨客：這才認出來。

燃犀人：天，又要亮了。二寶完全想起來，這兒，就是自己家，花了這麼多年，他才找到回家的路，花了好幾個晚上，才認出自己家。說了那麼多的話，才聽出來，眼前這位風燭殘年的老婦人，是自己的親娘。

騎鯨客：一個年輕人，怎麼會這麼遲鈍呢？

（頓。）

燃犀人：戰場上，一顆砲彈早就結束了他們幾個的生命。

騎鯨客：啊？

燃犀人：過度的驚嚇，三魂七魄走散了，花了好幾年的時間，才聚攏了精神，想起該回家。

騎鯨客：可憐哪。

燃犀人：幾個孤魂野鬼，找不著回家的路，幸虧到了亡靈渡口，有人接應。

騎鯨客：幸運哪。

燃犀人：也就這麼巧，二寶的娘還活在世上，還在等他回家。也就是這冥冥中的巧妙安排，二寶的魂魄，分了好幾次才都到家。

騎鯨客：緣分哪。

燃犀人：老太太一等，就是三十年哪！

騎鯨客：娘，就是盼著兒子回來。

燃犀人：「娘，兒想起來了，兒寫好了一封信，現在可以當面唸給娘聽。」

騎鯨客：還有信？

燃犀人：「這封信，兒在心中寫了千百遍，每一個字都反反覆覆，深深地烙印在兒的心頭。那是這麼多年來，唯一想對娘說的話。」

騎鯨客：真心話？

燃犀人：真心話。

騎鯨客：不說謊？

燃犀人：不說謊。

騎鯨客：絕不長篇大論？

燃犀人：這封信非常短。

騎鯨客：絕不咬文嚼字？

燃犀人：只有一句話。

騎鯨客：絕不矯情做作？

燃犀人：實話實說。

騎鯨客：那說吧。

燃犀人：娘……（長長的停頓。）兒……回來了。

（燈光變化，舞臺一角燈亮，九天君在光區裡，微笑，看著。）

（音樂聲，清淡柔美的〈小毛驢〉。）

（背景地圖的顏色，像是燃燒起來一般。）

四·【龍門·大智】

（燈光變化，場中央只有九天君一人。）

九天君：我喜歡玩兒，但是，偶爾，會玩到自己。常聽人說「大智若愚」。這是蘇東坡的文章，所謂「大勇若怯，大智若愚」。真正的勇敢與智慧，都不必刻意彰顯於外表，讓人看不出來。這是呼應《老子》的哲學，「大成若缺，大盈若沖，大直若屈，大巧若拙，大辯若訥。」看似殘缺，看似空虛，其實作用無窮。人的正直、靈巧、辯才，都可以藏在笨拙的背後。藏著，就是為了讓人不知道。善於隱藏，好等候、創造對自己有利的時機。

我就有個名叫「大智」的小學同學。他哥哥相當不對勁，籠統說，就是明顯缺了點「智」，所以，弟弟一出生，父母盼望能在他身上，把「商數」補足吧？

可惜事與願違，「大智」絕不可說是痴呆，但很難說是不是弱智，怕是也缺了些商數。當年，特殊教育的觀念與制度不發達，大智兄弟只能在一般小學生群裡吊車尾，遭受男同學推推拍拍，偶爾有仗義女同學給抱抱呼呼。

我是個「賊炮」小鬼，平日哪看得上大智？別說絕不會欺負他，沾都不想沾他。

那天翹家不甚順利，球鞋踩到狗屎，刷洗了，在簷下晾著，濕啪啪的還不能穿，短褲T恤又配不得黑皮鞋，逼得踩著人字拖就急急出門。小時候不能完全體會，媽何以非睡午覺不可？一睡就著，呼呼哈哈地。卻總要捎上我，熱烘烘的八月，港裡的海味兒順著風飄進村子，呼喚著玩耍，小學生睡個什麼午覺，翹頭吧！

我家前庭有一小院，裝著老式鐵門，門內佩掛插銷，橫插穩妥，別進焊好的鐵片頭，小洞還能掛上一個大鎖頭，門外則是兩個成對的小洞鐵片，也可以從外部上鎖頭。家裡還有人，則不便由外部上鎖，會將家人反鎖，但出門時正趕上家人不方便來掩門，那麼出門的人，既要把門帶上、又不能任由大門敞開，就需要「手法」。這個，我很熟練。掩門的技巧，是要將插銷預先拉長，拉到將近二分之一位置，兩扇門同步對關，令插銷緩緩對入孔中，門掩齊的同時，插銷也就位，至少發揮二分之一的功能，只要不踹門、不颳大風，門不會自己滑開。就那麼巧，瞄見門邊牆角的釣魚竿，前兩天剛在院裡玩過，只是沒池子、沒魚，釣空氣。不知哪兒來的福至心靈，順手抄走了釣竿。暴烈的豔陽，地面都飄起熱暈，一雙人字拖，磨得薄薄，且已經嫌小，後腳跟有一點踩出邊緣，平常少穿，也就不急著換。

盡量找樹蔭、牆影，免得走不多遠，鞋底都要燙化掉。

我家住在一座古城西門內。古城建於十九世紀初，踩著龜、蛇二山，建構城垣，成玄武之勢。蛇山，咬著南門邊的城牆，出南門，沿著城牆走，便可來到東門，從那兒爬牆玩兒，很有趣。

東門外有一小舖，我交出五毛錢，老闆給了我三顆粉紅色的泡泡糖。

（突然人聲嘈雜，激流水聲、呼喚聲，聽不清楚話語內容。）

（老人與公子急忙上。）

燃犀人：是在喊什麼呢？

騎鯨客：船來了！是我們的船來了？

燃犀人：是嗎是嗎？

騎鯨客：是！喊的是我們的名字。

燃犀人：走吧！

（二人向九天君道別。）

騎鯨客：告辭了。

燃犀人：就此別過，咱們……

（九天君阻止他往下說。）

九天君：天長地久的，誰也說不準，還是不要亂許承諾吧。

燃犀人：那就……珍重。

騎鯨客：再會！

（老人與公子向著河的方向離去，下。背景地圖消失不見。）

（渡船接走了燃犀人以及騎鯨客。九天君向著遠方揮手送別，顯得依依不捨，場上，又剩下他一人。）

九天君：大智便是在這個時候喊了一聲。

（略一停頓。）

原來他家住在這兒！看我拿著釣竿，他問道：「要去釣魚喲？」也不知道哪來的無聊，順口回道：「是呀，走吧！」給了他一顆泡泡糖，其實想打發他，順勢踱開步子就走。萬沒料想，他居然癡癡地跟上來了！順著城牆走，自然而然來到龜山腳下，一環旋，潭水就在眼前。水裡自然有魚，釣竿在手，就……釣吧！走到水邊乾看。連大智都懂「用什麼釣？還沒有挖蚯蚓？」我當時也就十歲，居然就能說：「姜太公釣魚，並不用餌。我也可以，就用空鉤。」

便在此時，一個穿著汗衫、短褲、拖鞋的中年人，騎著一臺重型腳踏車，有頭燈、車尾大貨架那種，而且絕對是黑色，支起了車，開始咆哮。糟糕！說什麼？這可擊中了十歲兒童的「罩門」。我的語言天才，靠左鄰右舍長輩培養，平淡的北方話，能仿效口音對應，困難的南方話，專注傾聽，也能知其要義。但我完全聽不懂他在說什麼？

那位阿伯，嘰哩呱啦地說，並不需要回應，語句間，出現了好幾次「加美賽」？想起來了！對面和隔壁的兩位伯母，在院裡打毛線的時候，都用類似的話語聊天，所以，零散的幾個字彙，有點概念。於是，我吐掉了嘴裡的泡泡糖，只要一聽到他說「加美賽」，我就插嘴，回以「哇母栽」。

這大概激怒了他，「哩母栽？」伸手一把奪去了釣魚竿！可不放手！他居然上車，直接騎動車子。我穿著一雙又薄又小的人字拖，怕摔跤，只好放手。釣竿，被搶了？

怒火遠大於驚怕。問身旁的大智：「你聽得懂說什麼嗎？」大智居然點頭。「他剛剛說什麼？」大智說：「他說這邊不准釣魚，釣竿要沒收。」可是我沒有釣魚呀！拿著釣竿，站在水邊，連魚線都沒鬆開、魚鉤都還沒沾水呢！責怪大智：「既然聽得懂，為什麼剛剛不說話？」大智嘴巴半開開，嚼著泡泡糖，一撇一翹，像個吳郭魚似的，卻不出聲。怒沖沖地循著腳踏車離去的方向，試圖找回釣竿。路過一對水中寶塔，兩座寶塔之間的入口，有一「放生池」，裡面滿是烏龜！心想，搶我釣竿？總得帶點什麼回去，下池撈龜！跨過欄杆，腳踩池緣，左手攀著根鐵柱子，連水都沒碰到，右手滿握一隻縮整的中型烏龜。有點滿意這個「收穫」，雖不是真用釣竿釣的，也算是報償。悠悠地，彷彿按照參觀計畫，進塔逛逛。

塔中有壁畫「地獄十殿閻羅」，哇！該恐怖的情節，十分恐怖！炮烙、拔舌、釘板、鋸腰，而且不論男女，都是光著屁股的。秦廣王、楚江王、宋帝王、五官王、閻羅王、卞城王、泰山王、都市王、平等王、轉輪王。十殿閻王的造型千篇一律：黑鬍子大官、白鬍子大官、長鬍子大官、短鬍子大官、沒鬍子大官、大官大官、大官大官，以及……大官。真煩哪！

出塔外，猶豫是否該繼續帶著這隻縮頭烏龜，牠彷彿探知了我的腦波，突然冒出頭腳，亂撥亂划，嚇我好一大跳！手一鬆，撲通！落入潭中，化龍而去！

無聲的大智還跟著。問他：「自己回得去嗎？」他點頭。自以為澄澈，多囉唆一句，提醒看似渾沌的大智：「沿著城牆走，看見城牆，就能回到村子。」大智無聲，嘴裡還在嚼著泡泡糖，擺擺手，分頭而歸。與潭水相連的是古城北門，不知不覺，已經自西、由南、而東、到北，繞城一圈了。進了北門，順著西牆護城渠走，就是我家了。豔陽偏西，老媽還沒開始找人，便已回到自家門口，彷彿從未走遠。

感覺口袋鼓鼓的，還有一顆泡泡糖。卻發現另一張泡泡糖紙的字條：「大勇若怯，大智若愚。」是大智寫的？什麼時候塞在我口袋裡的？人的靈巧，可以藏在笨拙的背後。藏著，等候對自己有利的時機。那顆還沒有吃的泡泡糖紙裡，也寫了字……「下次不要釣魚，烤地瓜就可以了。」

（音樂起，平和而優雅。燈光變化。）

（人聲嘈雜。九天君望向聲音來處。）

九天君：喲，瞧瞧，又來人了，又是兩位。聽聽他們有什麼謊話要說？

（音樂持續，燈漸暗，乃至全暗。）

（劇終。）

串場文章

是個角兒

顧正秋，是位響噹噹兒的角兒！

「角色」一詞，出自「腳色」，兩個詞對今日而言，其實不分先後地通用。從站在臺上「腳」的顏色，聯想為頭「角」崢嶸的光彩，兩個字語音都念作「餃」。別急，很多人念「決」，那是因為有一部其他地區官方審定的字典規定這麼念，他們很習慣服膺官方，但我受的訓練，需要說說由頭才服氣。華中地區（例如安徽）「腳」念「˙ㄐㄩㄛ」，入聲，西北口音（例如陝西）「腳」念「˙ㄐㄩㄝ」，也是入聲，從這個脈絡來推敲，從「腳」到「角」，遇到了演藝專業，都念成「決」，就合理了。尤其安徽是「皮黃戲」的源流，陝西是「秦腔」的原鄉，資訊更合理了。

不過，對我而言，「角色」發音成「ㄐㄩㄝˊ ㄙㄜˋ」，其生硬程度就如「角兒」被分念成「ㄐㄧㄠˇ」「ㄦˊ」一般，不自在。「角兒」是個連音，「兒」只做為「角」的兒化韻，一個音「ㄐㄩㄛˊㄦ」。「角色」是正規名詞，指劇中人物，但是一位演員被稱為

「角兒」，屬於內行話，十分尊榮，是創造藝術風格的大師。

那一年，演出《那一夜，在旅途中說相聲》，國家劇院臨街的一面，懸起長長大布彩條，馮某人大名，掛了頭牌！該當就是福報太大，能量太強，時年即將半百，已經忙壞了的我，有點頂扛不住，在首演前一夜大病、失眠、劇咳、失聲！昏聵中，隱約見到仙遊的倪敏然大哥來看我，圈內皆知，倪哥是個「菸酒嗓」。看了醫生，吃了西藥、打了針劑，完全沒把握能從徹底歸零的嗓音，進步到可以演出？賴聲川導演的女婿，是位不丹帥哥，捧來由仁波切加持過的「摩尼丸」，認作仙丹，忘記先謝菩薩就一口吞服。這光景下，凡是聽說有救的，我全信！

下午彩排，出現一個奇幻畫面。屆中恆一切照常，馮翊綱走位、只動口不出聲，臺詞由導演賴聲川對嘴。這段「師徒雙簧」在同行間傳為美談。

師母丁乃竺，親自熬製了一壺茶湯，倒出來黑糊糊？聞起來……一點也不熟悉？師母說了：「昨天，顧正秋阿姨正好來我們家，和丁媽媽聊天，我趕緊請教。他們一輩子唱戲，一定有治嗓子的辦法。於是，顧阿姨就說了『彭大海多少多少、冰糖多少多少、蟬蛻多少多少……』」

一聽「蟬蛻」，心頭就亮了。中藥有「以形補形」之說，蟬是大鳴大放之蟲，若蟲在地下存活多年，出土後「金蟬脫殼」，留下「蟬蛻」。我還不能出聲，只對「蟬蛻」一詞表示了驚異。

師母續說：「這……喝了就能好？顧阿姨神色安泰，說『去告訴那小子，他是個角兒的，喝下去，上臺就能出聲兒！』」

無緣拜見顧正秋大師，但這句「藥引子」隔空打進我的四肢百骸。當天，聲音確實回來，而且達到可演出水準，是打針見效？蟬蛻補形？還是摩尼丸救苦救難？

真正關心的，這是不是證明了？我確實對得起街上那幅三層樓高的頭牌大旗，「是個角兒」！

謊的魅力

不善說謊，對寫作者、表演者而言，是致命傷。

小時候被一個學弟騙得團團轉。小學五年級的一個帥小子，聲稱要提早迎娶那個大家都喜歡的漂亮女生，幾月幾號、哪家飯店，言之鑿鑿！六年級的我不相信有人可以光天化日、朗聲說謊。用了極其懇切的態度，說服一個同學，我們盛裝（一九七〇年代，也就是襯衫皮鞋），準時抵達……當然，被飯店的人笑了。回家來，媽沒有笑出聲音，熱了早就預留好的晚飯。

說謊，不一定是壞事，嚴格說起來，演戲的人，個個在說謊，「戲言」，不是嗎？後來在表演、劇作兩方面有進境，就是因為想通了，操作「謊」，控制「謊」，創造「謊」，令它運行，令它動人、愉悅。「謊」在紙上，「謊」在臺上，不在真實生命裡。傑出的好演員，善於說謊，傑出的好作者，善於編謊。即使是小時候騙人的那個學弟，後來在南部某大學擔任教授，專教英文，也覺得他適才適用，得到了發揮。

《謊然大誤》這個劇本，「故事」的部分早就備便，欠缺一個戲劇性的發動點。想利用暑假，大陸巡迴演出《寶島一村》的旅途，把劇本寫出來。

四站走過去了，枝枝蔓蔓、零零散散，收攏不起來？第五站是天津，後臺，一個學弟坐在鏡前嘆氣。這個學弟搞花樣，路數比幼時扯謊結婚的學弟要厲害許多，因為認識很久了，上當的次數多到不舒服，原不想理他，但看看旁邊沒有旁人，這幾聲，怕不是嘆給我聽的？就問了：「怎麼啦？」

「我爸。」

「哎喲，怎麼？」

「有狀況。」

「那……怎麼辦？」心裡立刻幫他盤算，兩日天津演出場次，演完後週一立刻衝回臺北，但是下週要演武漢，週五晚上還得趕回來，這是演員的無奈。

「注意安全，盡量睡覺。」

「謝謝學長。」

那不是親生的養父，卻是將他寵成「爸寶」的爸爸，九十多歲了，老好人長壽，「有狀況」要留心，但想必吉人天相。果然，武漢週六演，週四就聽說他歸隊了，晚上要擺幾大桌，請吃消夜。助理問我去不去？

「為什麼要請客？」

「他生日。」

「生日？他老爸不是有狀況，還過什麼生日？」

期期以為不妥，不該去湊這種無德的熱鬧，不去。何況憑交情，該親口（或至少親簡訊）約一下，他並沒有來約，想是不期盼。

壽誕之日，微信群組之熱鬧！各種祝賀的話語、貼圖，顯得此人受歡迎！他居然回應，謝謝大家。

我是吃醋嗎？為什麼心裡盤桓不去的，是一個老人纏綿病榻、生死交關的影像？與此同時，那個雖非親生、卻視如己出的畜生，在遠方設宴、為他自己慶生？此時，不是利用人緣，做表率、立模範的好時機？說明狀況，辭謝大家道賀，不要陷不知者於不義。

這一下，催發《謊然大誤》的引擎！立時寫下「太子賀壽」的段落。其他原已寫就的零段，吸附磁石一般，紛紛就位。

沒有多久以後，聽說當時，老人家在臺北的「狀況」，其實是「走了」。到如今也沒有聽他親口說，但就算說了，從何驗證是真？

「謊」的定義，被這學弟撐開擴大了，幾乎是反射動作，「無謊不歡」，不只在臺上，日常生活裡，也運用「矇」、「混」、「誘」、「欺」各種伎倆，不辭繁瑣地，玩弄眾人，且經常上節目，去講那些不是發生在他身上、別人家的「經歷」。聽去、讀去我的童年、我的家世、我的爸爸，都在各種意想不到的時刻，從他嘴裡說出，「扮演」他的人生。與其基於道德，向他勸說？（那樣長達三十年的好日子已經過了）不如我也卑鄙一回，寫下來公諸於世？從事業角度來看，原本不善編謊的我，現在有了絕佳的典範，遵照他的表現，自然而然就寫出精彩的角色。一張專門說謊的嘴，最能發揮的地方，就是舞臺！

綜藝教母張小燕，是引領學弟進入影視演藝圈的貴人，當著我們兩人的面，做了如下的譬喻：「這小子去給我倒杯水，我親眼看見了，心裡還很欣慰，小子乖，懂得給小燕姊倒水。但千萬別說話！他只要用那張嘴說『小燕姊，我給妳倒水。』哪怕我是親眼看見，都不信了！」

本來猶豫是否該保留、別寫下來，給他留點顏面？後來有一樁事，敲醒我，顏面於他，不如撒謊痛快。何況，我既然與他號稱「搭檔」，不「邪」，不足以匹敵！

他一直號稱自己的「生母」是原住民，並且一有機會，就公開說在「部落」的生活如何如何……令人納悶的是，他也描述自己的童年，在「眷村」如何如何……這二者的衝突，從未聽他自圓其說……但就算說了，也難判定真假。而且就我所知，他就是一個臺北市區的小孩，童年並未住過部落或眷村。

最可疑的是，從來沒見過那位號稱「生母」的女士，對我而言，她「不存在」。或許是往自己臉上貼金，其實交情不夠，不夠資格見他「生母」，誰知道呢？有沒有一個日常人物，稱謂就是「生母」的？稍一推敲，「真假」的懷疑，又飄浮上來。

從媒體報導得知（又一次，不曾對我親口說），「生母」過世了。這些我們一般人視為「私事」，通常低調處置的家事，他總往媒體去賣弄。夏天，又到大陸演《寶島一村》，又恰逢壽誕，好人緣的他，照樣接受朝賀……這個去年死了義爹、今年死了親娘的人，倒是年年都要過自己的「生日」？情感表現異於常人！所以不能怪我，懷疑人的存在、歿世、這一切……都是他在說，是否都是「謊」？

途中某夜，聚集幾位酒友到他房內，飲酒作樂，吵醒了隔壁，也是同行的團友。半夜兩點，抱怨冰箱不冷，啤酒不夠冰、不能盡興，驅策旅館人員連夜換冰箱，並以濃醉口吻，在走廊上，對服務人員暴吼：「百度一下！就知道我是誰！」

此事一傳，馬上有人為他開脫：「哎呀，是不是因為生母過世，借酒忘憂呢！」古人喪母，「丁憂」三年，今人雖不必拘泥，但父母之喪何其大？不滿三月，何需急著在酒杯裡忘掉？我強求他人嗎？食古不化嗎？

一直沒有寫出他的名字，但哪位讀者不知道是誰？那彰顯的大名，是他養父，那個義氣、慈愛、長壽的老好人取的（我當年這麼聽說）。就歷史、地緣推敲，老人家來自東北，莫非不是盼望兒子徽似「少帥」「漢卿」？

人生際遇、業力，我的名字，總是與他連在一起，不信試試，百度他、谷歌他，自然旁邊就是我。幾次因「少年得志」、「卿卿我我」上社會新聞，沒參加、不在場的我，早在附圖、影片陪榜。老被拖下水，認真思考要向他收「聯名遮羞權利金」。錯！面對麻木說謊家，誰認真誰活該！

他挑明撂萬兒，用成語一一點出了大名三個字的寫法……「去百度一下！」然而，那晚暴吼也出於他的嘴，是真？是謊？被牽連的我羞愧、惶恐，且有點懞了？

賣弄典故

我寫劇本，喜歡小小賣弄。

說「賣弄」也不見得切實，因為，往往也不是什麼稀罕、深奧的典故，都是些平常的、淺層的，人們可能也曾聽過的。沒有忘記，借題發揮、號稱「相聲」的「喜劇」創作，題材、形式要盡可能大眾化。

教劇本創作，也把這「一招」傳給學生，要求他們做初始設定的時候，先查考一件「物品」，並徹底研究這個物品的來龍去脈、歷史淵源、文化典故，再將這件物品置入劇情，人物對話一提及此物，便能言之有物、侃侃而談。

《謊然大誤》裡，也不乏這些手法。

〈劍器〉，明明就是音樂、舞蹈，只算文化常識，還稱不上典故。但製作電視節目的人，請來一幫職稱標籤寫「老師」的半吊子，大談「劍這種兵器」，並將杜甫「公孫劍器初第一」這句詩，解讀為「唐玄宗身側劍術第一的女護衛」，毛骨悚然！

到了這個年頭，相聲（或喜劇）不再是純然的娛樂，不再那麼輕鬆、輕巧，反成了盛負文化訊息的載體，這個發展，人人有功勞！

姜子牙騎四不像，趙公明騎黑老虎，燃燈道人騎鹿，南極仙翁騎鶴，都是常識。我這代人，得到這些常識的管道，是小舖子裡的圓牌「尪仔標」、化學「尪仔仙」，或者電視劇，或者《封神演義》故事原文。借到相聲裡說說，豐富一下畫面。

屈原《九歌》〈國殤〉第一句：「操吳戈兮披犀甲，車錯轂兮短兵接。」《莊子》〈逍遙遊〉：「鵬之徙於南冥也，水擊三千里，摶扶搖而上者九萬里，去以六月息者也。」就是犀牛、大鵬鳥的「出處」，我才不敢說這算「典故」，也「賣弄」不了什麼，都是借來豐富文章的。

這些平淡的借用，為什麼到了今天，顯得彷彿有學問？

「中國」。整個社會，將「中國」這個名詞重量化、奇異化了。原本再稀鬆平常不過！姜子牙、屈原、莊周，是規劃藍本的中國人。諸葛亮、曹操、李隆基，是翻整文明的中國人。蘇東坡、王陽明、徐光啟，是創造新局的中國人。這些好榜樣，值得追隨，這樣的中國人，都是做得的！

我嚮往做一個中國人。

好事者將「中國人」名詞窄解、酸化，屈辱「中國人」，詆毀自稱「中國人」的人。彷彿本來就是可以這樣的？接著，來罵寫劇本的「中國人」，相聲編得太深奧、聽不懂。時空移轉，劇本裡拼貼的文化常識，對讀者、觀眾而言，變成了深奧的典故，不知道這些典故，也就很難搞懂引用的譬喻。看相聲，是來找輕鬆的，作者不是在給自己找麻煩嗎？

但是讀者觀眾們，終有一日，連相聲引用的典故都聽不懂了，你的心裡真的能夠感到輕鬆嗎？

就算當了最後一隻犀牛、最後一隻四不像、大鵬鳥，有我該盡的義務。

至於《謊然大誤》篇首引用但丁和元好問、《雞都下蛋了》搬來葉慈和梁實秋，輕輕挑動哲學與宗教觀，真的就只是賣弄。

謝什麼幕

道明中學是天主教學校，合唱團很有名，我是其中一任團長，這是趙爸的栽培。

趙崑和老師，出生於哈爾濱，幼時得學俄文，長大得學日文，「滿洲國」崩解，大發民族氣概！在長春「中山堂」，指揮演出抗日名曲《黃河》大合唱，連演七天，當時任長春警備司令的孫立人將軍，到場聆賞五天。某日晝間，正在印講義、滿手油墨的趙爸，被孫立人一把握住，請來臺灣，協助「練兵」。

「黃埔」在臺復校，黃埔的學生為什麼要會唱歌？黃埔的學生該不該把歌唱好？孫立人、趙崑和心裡最明白。成立「黃埔合唱團」後，趙爸離開軍職，轉任道明老師，也成立了「道明合唱團」，還編寫音樂課本……當我發現，音樂課的任教老師和課本作者居然同名，驚訝得只會吸氣、忘記吐氣……

我們一百多人的混聲四部合唱團，水準真的不賴。合唱之夜最末大軸，必然是韓德爾《彌賽亞》第二幕的終曲〈哈利路亞〉！歌詞簡單、莊嚴、寬厚、大器。趙爸總是兩手將灰灰的卷髮向耳後梳撥，整理一張堅定嚴正的臉，眼射精光，指揮棒前指，左手握拳向上，三小節短短前奏，混聲四部嚴整對位的「哈」字出口，展現教會學生的好活力、好教養。

高雄教區鄭總主教，也是學校的董事長，當我們唱到最後一句「哈利路亞」，且戲劇性地拉長音，白袍主教掌心向上、丫舉雙臂，從第一排中央座位站起身來，他身邊的貴賓隨之起立，全場觀眾也就都起立了。我們小朋友好振奮！我們唱得如此好？好到連主教都起立了？

趙爸說典故。原來，韓德爾初發表《彌賽亞》，唱到「哈利路亞」，當時的英王喬治二世，起立致敬。後來形成慣例，唱到這兒，全人類基於對文化藝術（以及宗教）的景仰，都要起立。這是我最早知道的「觀眾與表演互動」的典故，差不多與看京劇名角登場，喊「碰頭好」同時知道。

「道明合唱團」還有一個傳說，善唱〈快樂頌〉。可惜我在學三年期間，並未教唱貝多芬《第九交響曲》的「合唱」，至為遺憾！

老師愛種花，晚秋時節，曾陪他去苗圃搬花盆兒。老師仙逝、「黃埔新村」撤村後，那戶有名的、被花草樹木包覆的幽靜宅院，就是我趙爸家。

在戲劇系念大一，祖師奶奶汪其楣教授，深深烙印了兩個觀念：一，洗腳，進排演場洗得比上床睡覺還乾淨，離去時整理場地，整得比進來時還乾淨。二，謝幕，是觀眾謝你，不是你謝觀眾。

我花了一點青春歲月，經常上臺，才體會到第二點。因為，江湖上，懷抱著「觀眾是大爺、是衣食父母」觀念的前輩不少。尤其是熱切宣傳、愛惜公關、重視票房的同仁，更是把觀眾視為至上，無一絲可冒犯。這麼一來，不以平等對待觀眾，欠缺良善的雙向溝通，觀眾被錯捧成大爺，並未因參加藝文活動而提升氣質，損失不小。

例如，劇場鬼域，極其陰寒，但請不要穿有強力螢光反射的外套。觀眾席黑暗，所以請不要在演出過程中看平板、滑手機，一支手機便會映照出一張鬼臉，從臺上看下去，好清楚。電子報時功能，在八點、九點、十點……有些功能更強大的，在「半點」的時候也會「嗶嗶」，一屋子千把人，有那麼百兒八十個非要電子報時的，每三十分鐘，就如鬼哭神嚎。不要穿拖鞋，劇場座位底下有鬼，催動人看戲的浪漫，但專愛咬露出的腳趾頭。

這些都是應當和觀眾溝通的，理性、追求氣質提升的觀眾，是能理解、願執行的。

走下臺去看別人演戲的時候，也是觀眾，將心比心，一切都配合。

謝幕的關鍵心思，在於演員的自我定位。是來上臺過戲癮的？接案子賺錢的？還是認真呈現作品、追尋藝術境界的？是玩票？戲子？還是藝術家？我曾經現場經歷，一位訪臺的京劇大師，「站立宮門叫小番」，「軋調」沒有唱翻上去，觀眾席傳出幾聲「哎呀……」。到了謝幕，「楊四郎」硬是不上來，是羞愧？怨憤？還是介意觀眾的倒采？

回憶所學，觀眾悠然欣賞了作品，以掌聲向表現專業的演員表達「辛苦了！謝謝你今晚的表演！」演員在臺上還禮，意為「哪裡哪裡，您過獎了。」

所以，是品味的禮貌交流，而非對購票或掌聲的致謝。演員在臺上謝幕的心態，若是「有了你的掌聲，我就有了堅持下去的勇氣。」「感謝您的購票，我一家溫飽靠您、下月前妻贍養、房屋貸款也有著落了。」此番德行，像話嗎？此等思維演員演出這樣的戲，看來有什麼滋味？

掌聲，不是觀眾表達品鑑分數，是禮數、是道義，是完善整晚藝術生活的必要儀式。不然演員的責任只到「劇終」、「幕落」，戲演完了，卸妝脫褲子，從後臺狗洞滾蛋！假惺惺謝什麼幕？

《寶島一村》演了超過十年，也是我藝術生涯中，單一作品演出場次魁首。某日，特別感受到一個現象。

掌聲稀稀落落……

導演有一次小發火，認為是演員精神不濟，步履遲緩，拖開了掌聲節奏。但導演自己沒發現，他上來時，掌聲也是大有問題？

我特別注意觀察這個現象，是的，掌聲遲滯，有點滴哩搭拉，越到後端越明顯，我與屈中恆、宋少卿，三大家長向前！立正！觀眾鼓掌呀？懷疑什麼？我有哪一場不是盡心盡力？哪一場不是窮極表演藝術家的心性？

賴聲川導演上來了，掌聲更弱……說書人王偉忠那天興致好，也到場謝幕，掌聲快沒了……他們兩個怎麼了？過氣啦？我仔細、用力地盯看觀眾席……

照相。

他們在照相。手裡舉著手機（或其他高科技照相器材），沒手鼓掌。

好像大家有約好，劇場觀劇，是不照相的。或者，觀眾以為，戲已經結束，沒照劇情不算侵權，照個謝幕留念，貼上管他什麼的平臺，炫耀一下自己的消費水平、文化水平，曾與名角、名導共度一夜。當你在什麼平臺上看到這類照片時，就知道我在說誰。

事情也不發生在臺灣、或香港、或新加坡、或歐美華人聚居大城。

剩下一半、或更少數量的觀眾，用力、使勁地狂拍手，彷彿想平反這筆連坐共業。看了一晚戲，號稱這麼支持藝術、這麼捧角、這麼熱情……

但你沒手鼓掌了。

或許，容忍觀眾在謝幕時照相，是不可避免的趨勢，表演藝術家只好擅自更改對謝幕掌聲微弱的定義：掌聲愈微弱，代表觀眾對此人照片需求大，顯得此人愈紅！可謂新定義的「互動」。

與甚同行？

眷村各家，原本並沒有大門，都是用椿子、板子，意思意思，標示一個「我家」的界線，或者，有講究的竹籬笆，編造縝密，留一段活板，用粗鐵絲圈住，就是「門」了。

後來有所改善，壘起了紅磚牆，有些家庭順勢就裝了鐵門，總是不嫌過度隆重，刷著好幾層紅豔豔的油漆，天天過年。這種老式鐵門，門內佩掛插銷，橫插穩妥，別進焊好的鐵片頭，小洞還能掛上一個大鎖頭，門外則是兩個成對的小洞鐵片，也可以從外部上鎖頭。

家裡還有人，則不便由外部上鎖，會將家人反鎖，但出門時正趕上家人不方便來掩門，那麼出門的人，既要把門帶上、又不能任由大門輕易敞開，就需要「手法」。這個，我很熟練。

小時候不能完全體會，媽何以非睡午覺不可？一睡就著，呼呼哈哈地。卻總要捎上我，熱烘烘的八月，左營軍港的海味兒順著風飄進村子，呼喚著玩耍，小學生睡個什麼午覺，翹頭吧！

有個名叫「大智」的小學同學，之所以叫這麼個名字，與他哥哥有關，他哥哥相當不對勁，籠統說，就是明顯缺了點「智」，所以，想必弟弟一出生，父母盼望能在他身上，把「商數」補足吧？

可惜事與願違，「大智」絕不可說是痴呆，但很難說是不是弱智，怕是也缺了些商數。當年，特殊教育的觀念與制度不發達，大智兄弟只能在一般小學生群裡吊車尾，遭受男同學推推拍拍，偶爾有仗義女同學給拖拖呼呼。

我是村子裡最「賊炮」的小鬼之一，平日哪看得上大智？別說絕不會欺負他，沾都不想沾他。

只是那天翹家不甚順利，「黑豹」球鞋踩到狗屎，刷洗了，在簷下晾著，濕啪啪的，還不能穿，短褲、T恤又配不得黑皮鞋，逼得踩著人字拖就急急出門。我很注意腳下，這個性是從小養成的，直到今天，特別看不慣人穿拖鞋亂跑，穿拖鞋進不了劇場，我主持的課堂、演講，也嚴禁各式拖鞋進入，在街上遇到穿拖鞋的粉絲，就算再熱情也懶得理他。穿著拖鞋可謂「自在」，但別人看著自不自在？小社群乃至大家國，便在只顧自己爽、與大家眼光怎麼看之間，謀求平衡。管制自己，人字拖的界線只到家門巷口，倒垃圾時勉為其難，可以穿，跑超商、市場買醬油、雞蛋、鹽糖，也得穿了鞋去，講究得很。

掩門的技巧，是要將插銷預先拉長，拉到將近二分之一位置，兩扇門同步對關，令插銷緩緩對入孔中，門掩齊的同時，插銷也就位，至少發揮二分之一的功能，只要不踹門、不颳大風，門不會自己滑開。就那麼巧，瞄見門邊牆角的釣魚竿，前兩天剛在院裡玩過，只是沒池子、沒魚，釣空氣。不知哪兒來的福至心靈，順手抄走了釣竿。

暴烈的豔陽，地面都飄起熱暈，一雙人字拖，磨得薄薄，且已經嫌小，後腳跟有一點踩出邊緣，平常少穿，也就不急著換。盡量找樹蔭、牆影，免得走不多遠，鞋底都要燙化掉。

走出了西門所在的自助新村，就是南門，擦邊不進勵志新村，過馬路鑽進了果貿三村。極後悔帶著累贅的釣竿，這下也放不回去了。既然完全沒碰到熟人（生人也沒碰到），想想，不如去爬牆，練輕功。雖然大理四大高手「漁樵耕讀」的「漁隱」使的兵器是船槳，但把著魚竿爬牆，也不致辱沒了他。

左營舊城建於十九世紀初的清道光年間，踩著龜、蛇二山，建構城垣，成玄武之勢。與果貿相鄰的是東城牆，也是母校「永清國小」的後校門……欠揍的！暑假期間，校門從內鎖了，牆外是一道護城溝渠，跨不過去，怎麼爬牆？

　　大智便是在這個時候喊了一聲。

　　原來他家住在這兒！看我拿著釣竿，他問道：「要去釣魚喲？」也不知道哪來的無聊，順口回道：「是呀，走吧！」跩開步子就走。萬萬沒料想，大智居然癡癡地跟上來了！

　　順著舊城走，自然而然地就進了相鄰的海光二村和勝利新村，牆到龜山腳下，自然一環旋，蓮池潭就在眼前。潭水裡自然有魚，釣竿在手，就……釣吧！走到水邊乾看。連大智都懂：「用什麼釣？還沒有挖蚯蚓？」我這「怪童」居然就能說：「姜太公釣魚，並不用餌。我也可以，就用空鉤。」

　　此時，一個穿著汗衫、短褲、拖鞋的中年人，騎著一臺重型「咖踏掐」，有頭燈、車尾大貨架那種，而且絕對是黑色，支起了車，開始咆哮。

　　糟糕！閩南語？這可擊中了十歲兒童的「罩門」。我的語言天才，靠左鄰右舍長輩培養，平淡如山東、四川，能仿效口音對應，困難如江浙、上海，專注傾聽，也能知其要義，就算是閩北福州、兩廣客語，聽得都還算多，獨獨欠缺學閩南語的契機。

　　那位阿伯，嘰哩呱啦地說，並不需要回應，語句間，出現了好幾次「加美賽」？想起來了！對面廖媽媽和隔壁孫媽媽是本省人，兩位在院裡打毛線的時候，都用閩南語聊天，所以，零散的幾個字彙，有點概念。於是，只要一聽到他說：「加美賽」，我就插嘴，回以：「哇母栽。」

這大概激怒了他，「哩母栽？」伸手一把奪去了釣魚竿！可不放手！他居然上車，直接騎動車子。我穿著一雙又薄又小的人字拖，怕摔跤，只好放手。釣竿，被搶了？

怒火遠大於驚怕。問大智：「你聽得懂閩南語嗎？」大智居然點頭。「他剛剛說什麼？」大智說：「他說這邊不准釣魚，釣竿要沒收。」可是我沒有釣魚呀！拿著釣竿，站在水邊，連魚線都沒鬆開、魚鉤都還沒沾水呢！責怪大智：「你既然聽得懂，為什麼剛剛不說話？」大智此時，嘴巴半開開，一撅一翹，像個吳郭魚似的，卻不出聲。

怒沖沖地循著腳踏車離去的方向，試圖找回釣竿。經過龍虎塔、春秋閣，再往前，要隔好一大段路才是孔廟，這……放棄？

春秋雙閣是蓮池潭中最早出現的水中建築，對應於岸邊的「東南帝闕」：關夫子觀春秋的典故而建，兩座寶塔之間的入口，有一「放生池」，裡面滿是烏龜！（現在有「觀音騎龍像」，此事件當時還沒有。）心想，搶我釣竿？總得帶點什麼回去，下池撈龜！跨過欄杆，腳踩池緣，左手攀著根鐵柱子，連水都沒碰到，右手滿握一隻縮整的中型烏龜。

有點滿意這個「收穫」，雖不是真用釣竿釣的，也算是報償。端著烏龜回程，又經過龍武塔，悠悠地，彷彿按照參觀計畫，逛進龍嘴裡。龍虎塔當時是新建好的景點，遊客興致頗高，大家也都遵奉「龍口進、虎口出」的動線規則，誰也不想犯忌諱，「羊入虎口」。

龍虎腹中都有壁畫（現存的交趾燒浮雕是後來做的，以前就是彩繪壁畫），「地獄十殿閻羅」，哇！該恐怖的情節，十分恐怖！炮烙、拔舌、釘板、鋸腰，而且不論男女，都是光著屁股的。

我為了寫這篇文章，特別走訪一趟龍虎塔，現場考核過，新作的浮雕，地獄刑罰似乎為了顧慮社會觀感，故意淡化了表現，也因此欠缺舊畫恐怖氣氛，受刑者臉上的表情平淡，反而有點S.M.的促狹意味。

秦廣王、楚江王、宋帝王、五官王、閻羅王、卞城王、泰山王、都市王、平等王、轉輪王。要熟記各殿陰間判官的名字，數十年後，被高麗棒子拐去用時，還有人記憶，那原本是我們的！只不過，確實得承認，韓版的判官們有「再創造」的趣味：嚴肅的書生、慈愛的阿姨、攬鏡的美女、舔棒棒糖的女童……回眸「原始」的十殿閻王：黑鬍子大官、白鬍子大官、長鬍子大官、短鬍子大官、沒鬍子大官、大官、大官、大官、大官，以及……大官。還真煩哪！

出虎口，猶豫是否該繼續帶著這隻縮頭烏龜，牠彷彿探知了我的腦波，突然冒出頭腳，亂撥亂划，嚇我好一大跳！手一鬆，撲通！落入潭中，化龍而去！

無聲的大智，其實還跟著。問他：「自己回得去嗎？」他點頭，並說道：「下次不要釣魚，烤地瓜就可以了。」這……是在發送邀請嗎？自以為澄澈，多囉唆一句，提醒看似渾沌的大智：「沿著城牆走，看見城牆，就還在村子。」大智無聲，擺擺手，各自分頭而歸。

與蓮池潭相連的是舊城北門，不知不覺，已經自西、由南、而東、到北，繞城一圈了。進了北門，就是東自助新村，跨過三角公園，回到崇實新村，隔著西牆護城渠，就是我家自助新村（劇本、小說裡謊稱為「影劇六村」的雛形）。豔陽偏西，老媽還沒開始找人，便已回到自家門口。或爬牆、或撈龜、或接受大智的邀約，炕個土窯悶地瓜，雖不知下次驚奇之旅與「甚」同行？總之，記得要穿鞋。

長大了才懂，我媽經常輪值早班，天不亮就得趕到電臺，開機、聯播，以抵禦「匪波」，那是戒嚴時期，「軍中之聲」的重要任務。下午能回家睡個紮實午覺，實是恩惠。

當然，乖兒子也不吵她，小心對好插銷，掩上大門，開溜去也！

—劇本—雞都下蛋了

首演陣容

馮翊綱　宋少卿　范瑞君

黃士偉　翁銓偉

巫明如　古辛　梁皓嵐

Or else, to after Plato's parable,
Into the yolk and white of the one shell.

——W. B. Yeats

享福與受罪加在一起，謂之享受。
世上沒有純粹的福，目前享福，轉眼可能就是受罪。

——梁實秋

一・【包子打狗】

五十九：人，都得吃。
七百四：民以食為天。
五十九：餓了，得吃，不餓，也得吃。
七百四：三餐要定時。
五十九：這句廢話到底是誰說的？
七百四：怎麼啦？
五十九：世界上所有的動物，都是餓了才吃。
七百四：那是因為大自然競爭，生存不容易。
五十九：人類又為什麼不用競爭？
七百四：人類也競爭。
五十九：屁！人類坐享其成！

七百四：怎麼呢？
五十九：獅子餓了，才去獵食。獵到什麼吃什麼，絕不濫殺。
七百四：動物跑得快，一次也抓不到很多。
五十九：好比說，你被獅子抓到了。
七百四：我為什麼會被獅子抓到？
五十九：宿醉，迷路，誤闖野生動物保護區。
七百四：我成了誤闖叢林的小白兔。
五十九：獅子把你撲倒了！
七百四：然後呢？
五十九：先啃你的肚子。
七百四：哎喲，好癢……
五十九：癢？肚子最嫩，心肝腸胃一串就吃掉了。
七百四：我成毛肚火鍋了。
五十九：順便，母獅子舔掉你的蛋蛋。
七百四：哎喲，那樣，我會不會太興奮哪？

五十九：應該不會，那時候，你應該已經死翹翹了。
七百四：喔……那還好。
五十九：獅子吃剩下的，鬣狗撿走。
七百四：吃剩的。
五十九：什麼肋排呀、小腿呀、胳臂的。
七百四：點餐指定部位要加錢。
五十九：鬣狗吃到一半，禿鷹也來搶。
七百四：搶剩的。
五十九：剩下的碎肉、碎骨頭。
七百四：吃乾抹淨。
五十九：還沒完。
七百四：還有？
五十九：留在地上難免還有一些渣渣。
七百四：怎麼會有渣渣呢？
五十九：因為你也號稱「渣男」不是嗎？

七百四：欸！

五十九：那些甲蟲、螞蟻、細菌，就把你徹底清除了！

七百四：這下乾淨了。

五十九：彷彿你從來就不存在於這個世界上。

七百四：哎呀，這一刻，連我都覺得好輕鬆呀。

五十九：生於天地之間，死後，又回歸萬物。

七百四：生生不息。

五十九：有沒有覺得自己對世界有所貢獻呢？

七百四：確實。

（頓。）

五十九：你中午幾點吃飯？

七百四：十二點。

五十九：晚上幾點吃飯？

七百四：六點。

五十九：消夜？

七百四：不一定幾點開始，但總是喝到兩點。

（頓。）

五十九：發現了沒有？午餐十二點，晚餐六點。

七百四：對呀。

五十九：還對，一般人不明就裡，也都是這兩個時間吃飯。

七百四：習慣了。

五十九：盲從！根本可以說是中了邪，都擠在同一時間吃飯。

七百四：群體生活節奏。

五十九：群體生活節奏？

七百四：對呀。

五十九：你可知道，在所有動物之中，最講究群體生活節奏的是誰？

七百四：誰？
五十九：豬！
七百四：啊？
五十九：早上六點！餵食時間到！所有的豬就「拱拱拱」……吃。
七百四：就吃了。
五十九：中午十二點！餵食時間又到！所有的豬又「拱拱拱」……吃。
七百四：又吃了。
五十九：晚上六點！餵食時間再到！所有的豬又「拱拱拱」……吃。
七百四：還吃？
五十九：豬，只管吃，從來也不問為什麼？
七百四：豬還有為什麼？養胖了，宰了吃呀。
五十九：是呀，說的是呀。

（微一停頓。）

七百四：你這麼一說我發現了，我已經很久沒有「餓」的感覺了。
五十九：發明「吃飯要定時」這種觀念的，剛好就是人類。
七百四：人類自己也吃飯定時。
五十九：豬自己萬萬沒有想到，牠活在世界上只有一個原因。
七百四：就是被人吃。
五十九：人類也不辜負豬，做成各種美味料理。
七百四：喔？
五十九：臘肉、火腿、香腸。
七百四：過年了。
五十九：過年吃餃子，餃子餡兒裡，也少不了豬肉。
七百四：對。
五十九：四大傳統美食。
七百四：是？
五十九：餃子、湯圓、粽子、月餅。
七百四：對。

五十九：四大粽子。
七百四：啊？
五十九：山西黃米粽。
七百四：沒聽過？
五十九：廣東裹蒸粽。
七百四：有一些茶樓吃得到。
五十九：嘉興鮮肉粽。
七百四：這？
五十九：南門市場賣的就是。
七百四：每年端午節大排長龍。
五十九：還有一種。
七百四：是？
五十九：臺灣燒肉粽。
七百四：水啦！
五十九：四大月餅。

七百四：月餅也有四大？

五十九：京式、滇式、蘇式、廣式。

七百四：京式？

五十九：北平的，硬皮。

七百四：滇式？

五十九：雲南火腿的，在臺灣不常見。

七百四：蘇式的？

五十九：江蘇，千層酥皮。

七百四：我吃過，喜歡。

五十九：最普遍的，還就是廣式月餅。

七百四：都請香港大明星做廣告。

五十九：四大金剛。

七百四：「封神榜」呀？

五十九：都是吃的。

七百四：是？

五十九：上海早點，四大金剛，大餅、油條、豆漿、飯糰。

七百四：好嘛。

五十九：四大麵條，刀削麵、熱乾麵、炸醬麵、擔擔麵。

七百四：我在重慶吃過一次擔擔麵，差點沒辣死。

五十九：確實，擔擔麵是四川人陳包包首創的。

七百四：哦？

五十九：陳包包是清朝人，挑著扁擔，沿街賣麵，擔子一頭挑著碗筷道具，一頭挑著銅鍋，銅鍋分隔，一邊煮麵，一邊燉蹄膀。

七百四：挺懂得享受。

五十九：直到如今，賣擔擔麵的館子，當然也賣豬腳蹄膀。

七百四：成一套了。

五十九：在日本吃擔擔麵，狀態不一樣。

七百四：日本有擔擔麵？

五十九：隨處都有，拉麵店裡也兼賣擔擔麵。日本的擔擔麵上面布滿了碎肉醬。

七百四：其實是炸醬麵。

五十九：你可知道，「拉麵」的日文怎麼講？
七百四：「拉麵」。
五十九：那「擔擔麵」呢？
七百四：「擔擔麵」。
五十九：「餃子」呢？
七百四：「餃子」。
五十九：「壽司」呢？
七百四：「壽司」？
五十九：「SAKE」呢？
七百四：「SAKE」……
五十九：「雞蛋」呢？
七百四：「雞蛋」……哎！唬我！

（頓。）

五十九：從前有一個宰相，勤政愛民，孝敬老母，愛家人、愛部屬，正直清廉，雖一毫而莫取。
七百四：世上有這麼完美的人嗎？
五十九：不要因為現在看不到，就以為從前沒有。
七百四：這個世界，也曾經美好過。
五十九：有一個部下，感念宰相的救命之恩，送了兩隻活雞到府上來。
七百四：一份心意。
五十九：宰相不在家，老夫人親自到門口接待，看見禮物，堅持不收。
七百四：兩隻雞，沒什麼吧？
五十九：今天是兩隻雞，明天就會變成兩個元寶，後天就會變成兩車金條，拿了，人就變了。
七百四：這麼嚴重？
五十九：客氣推辭之間，那隻母雞咯咯一聲！
七百四：怎麼了？
五十九：下了一顆蛋。
七百四：雞都下蛋了。

五十九：老夫人說：「既然這顆蛋是在我門口下的，我就收下了，你的心意我也收下，代我兒子謝謝你。」

七百四：真是客氣。

（頓。）

五十九：吃飯，是生存的必須。吃一頓飽飯，得到活下去的力量，也有了堅持下去的勇氣。

七百四：身心安頓。

五十九：行有餘力，能幫助別人也吃上一頓飽飯，功德無量。

七百四：善良。

五十九：有一些人，其實自己並不寬裕，但還是以幫助別人吃飽為第一要務。

七百四：那就更難能可貴了。

五十九：明朝有位狀元，倫文敘。

七百四：很有名，港片演過，我很熟。倫文敘小的時候家裡窮，賣菜維生。倫文敘窮得連攤子都擺不上，固定幾個客人，把菜挑到人家門上，賺點成本工錢。

五十九：是窮。
七百四：十三歲的少年賣菜郎，透露出不平凡的文采。一位鄉紳欣賞倫文敘，請他在自已珍藏的蘇東坡「百鳥歸巢圖」上題字。
五十九：請十三歲的賣菜小鬼在真正的骨董上題字？他傻呀！
七百四：倫文敘寫下「天生一隻又一隻，三四五六七八隻。鳳凰何少鳥何多，啄盡人間千萬石」。
五十九：聽來不是很正經？
七百四：暗藏玄機。
五十九：哦？
七百四：「天生一隻又一隻」。
五十九：這？
七百四：一加一等於二。
五十九：二。
七百四：「三四五六七八隻」。
五十九：這？

七百四：三四一十二。
五十九：十二……
七百四：五六三十。
五十九：三十……
七百四：七八五十六。
五十九：五十六……
七百四：加一塊兒是多少？
五十九：二加十二、三十、五十六……剛好一百？
七百四：「百」鳥歸巢嘛。
五十九：你這是穿鑿附會吧。
七百四：「鳳凰何少鳥何多，啄盡人間千萬石」。這句是諷刺官場，看似平凡兒戲，其中意味深遠。
五十九：算你有理。
七百四：有一家小餐館跟他買菜，老闆也欣賞倫文敘，順便接濟他。每天中午，倫文敘把菜送到的時候，老闆就盛好一碗雜碎粥，請他吃。

五十九：雜碎粥？

七百四：雜碎，又叫下水，豬的各種內臟，豬心、豬肝、豬腸、豬腰等等，用滾燙的白粥一燙，加點薑絲，去去腥味。

五十九：這我好像也吃過？

七百四：別急……廣東話，管「雜碎」叫「雜底」。

五十九：「雜底」。

七百四：倫文敘後來高中狀元，衣錦還鄉，特別來向請他吃粥的老闆致謝，寫下一塊牌匾，「及第」。

五十九：狀元「及第」。

七百四：廣東話的「及第」就是「雜底」，同音。

五十九：哦？

七百四：從前，吃一碗「雜底」粥，後來，狀元「及第」。

五十九：狀元及第粥，這麼來的！

（頓。）

七百四：明朝的科舉，分為「鄉試」、「會試」、「殿試」。
五十九：嚴格的考試制度。
七百四：鄉試第一名，叫「解元」，會試第一名是「會元」，殿試第一名就是「狀元」。
五十九：三個都考第一，就叫「連中三元」。
七百四：正確！倫文敘有三個兒子，父子四人都中進士。
五十九：這麼厲害？
七百四：而且，倫文敘本人是「會元」、「狀元」，他們家老大是「解元」，老二也是「會元」。
五十九：倫家父子功課真好。
七百四：可謂是「四倫四元四進士」！
五十九：太猛了！四大包子！灌湯包、水煎包、小籠包、叉燒包。

（頓。）

七百四：話題沒有轉折，直接來的？

五十九：我提了一下「雞蛋」，你就岔題太遠，我得趕快拉回來。

七百四：好嘛。

五十九：四大包子，灌湯包、水煎包、小籠包、叉燒包。

七百四：我都很喜歡。

五十九：臺灣的小籠包已經超越所有地方的水準，成為領導性技術。

七百四：對。

五十九：我小時候住在高雄，吃過各種包子。

七百四：俗話說「肉包子打狗，有去無回」。

五十九：怎麼跑出這一句？

七百四：像你這樣的肉包子，一離開高雄，都是有去無回。

五十九：你怎麼這樣解釋呀？

七百四：你們高雄，古代叫「打狗」。

五十九：這個說法不盡正確，應該要念（閩南語）「打狗」。

七百四：什麼原因呢？

五十九：從福建來的漢人，上岸的地方，就是現在我們左營的海灘，長滿了一種細細的、帶刺的竹子，原住民馬卡道族稱之為「TAKAO」。

七百四：「TAKAO」，刺竹。

五十九：漢人順著語音，用自己的家鄉話說「打狗」。

七百四：他們不是說北京話的。

五十九：後來日本人統治臺灣，也順著「TAKAO」的發音，寫下兩個漢字「高雄」，日語發音也是「TAKAO」。

七百四：所以嚴格說起來，「高雄」，一直都是「TAKAO」。

五十九：語言與文字的關係很有趣，就好比「土豆」。

七百四：土地的土，豆子的豆。

五十九：（閩）「土豆」和（國）「土豆」，意思完全不一樣。

七百四：不就是花生嗎？

五十九：（閩）「土豆」是花生，但（國）「土豆」，卻是馬鈴薯。

七百四：對！「醋溜土豆絲」！

五十九：對囉。

（頓。）

七百四：話題拉回來！為什麼說「肉包子打狗有去無回」呢？

五十九：為什麼呢？

七百四：說的其實是高雄的狗不吃包子，用包子打牠，牠一去不回。

五十九：不會吧？

七百四：因為，你們高雄有一家「狗不理」。

五十九：啊？

七百四：我小時候第一次去高雄，印象很深，大馬路上有一家餐廳，招牌寫著「天津狗不理包子」。

五十九：想起來了，是一家老店，現在已經沒有了。

七百四：我就在想，是那個包子包得很差，狗都不理？

五十九：不可能。

七百四：還是包得很嚴密，狗都聞不出餡的味兒？

五十九：沒有這個道理。
七百四：又或者，是素包子，所以狗不理？
五十九：好像不是。
七百四：結果我為了這事兒跑了一趟天津，發現滿街都是「狗不理」。
五十九：天津的狗也不吃包子。
七百四：才怪！清朝，有一家包子鋪，包包子的師傅手藝特別好，手指靈巧、工作專心，做出來的包子好吃又漂亮，客人不免誇獎。但是無論旁人怎麼打擾、怎麼干擾、怎麼想跟他攀談兩句，他是理都不理。
五十九：這麼跩？
七百四：不是跩，是專注。
五十九：挺酷的。
七百四：這位師傅小名叫「狗子」，「狗子包包子，專心不理人」，「狗不理」。
五十九：狗子不理人？
七百四：後來，凡是天津風格的包子，都冠上了「狗不理」的稱呼。
五十九：原來如此。

（頓。）

七百四：後來我體會出來了，為什麼你們高雄的包子，也是狗不理。

五十九：為什麼呢？

七百四：你們高雄最近被炒得很熱。

五十九：幾個小人物、幾件小鼻子小眼的小事兒。

七百四：你也湊熱鬧，搞出什麼「免費一百場」的事兒，把我也拖下水。

五十九：我……

七百四：像你這種「北漂」的包子很多，最近又都跑回去「打狗」。

五十九：啊？

七百四：尤其，你們高雄喜歡亂咬人的狗，本來就多。

五十九：講話要小心。

七百四：我建議「狗不理」可以重新開張。

五十九：哦？

七百四：到你們高雄的狗不理買包子。
五十九：買來幹嘛？
七百四：上街打狗，在打狗的街上丟包子，看狗理不理。
五十九：你這話說得很妙，依我看不用上街。
七百四：那去哪兒？
五十九：去你家！
七百四：幹嘛？
五十九：對著你的狗窩丟包子，看你這狗嘴理不理！
七百四：嗐！

（本段結束。）

二·【魚肉百姓】

五十九：從前有一個宰相，勤政愛民，孝敬老母，愛家人、愛部屬，正直清廉，雖一毫而莫取。
七百四：世上有這麼完美的人嗎？
五十九：不要因為現在看不到，就以為從前沒有。
七百四：這個世界，也曾經美好過。
五十九：有一個部下，感念宰相的救命之恩，送了兩隻孔雀到府上來。
七百四：一份心意。
五十九：宰相不在家，老夫人親自到門口接待，看見禮物，堅持不收。
七百四：兩隻孔雀，沒什麼吧？
五十九：今天是兩隻孔雀，明天就會變成兩輛跑車，後天就會變成兩幢房子，拿了，人就變了。

七百四：這麼嚴重？
五十九：客氣推辭之間，那隻母孔雀嘎嘎一聲！
七百四：怎麼了？
五十九：下了一顆蛋。
七百四：孔雀都下蛋了。
五十九：老夫人說：「既然這顆蛋是在我門口下的，我就收下了，你的心意我也收下，代我兒子謝謝你。」
（頓。）
七百四：後來……那顆孔雀蛋……孵出來了？
五十九：孵出小孔雀，怎麼養？是個公孔雀，還會開屏，萬一是個母的，沒有長尾巴，醜哩吧唧，糟蹋飼料。
七百四：這也性別歧視？
五十九：拿出炒菜鍋，荸薺、木耳、蔥薑蒜切成碎末，加豆瓣兒醬，炒香，孔雀蛋打成蛋花，做成烘蛋，醬汁淋上去。

七百四：魚香烘蛋？

五十九：取名為「孔雀開屏」。

七百四：這就符合今天節目的主題了。

五十九：那是什麼？

七百四：吃。

五十九：是個大題目。

七百四：我覺得很適合我。

五十九：哦？怎麼說呢？

七百四：因為，我是「魚肉百姓」。

五十九：你怎麼魚肉百姓？

七百四：不是我「怎麼」魚肉百姓，我「就是」魚肉百姓。

五十九：什麼意思？

七百四：高中的時候，教官叫我「活老百姓」。

五十九：那不是一種誇獎。

七百四：我知道，因為教官後來就叫我「魚肉百姓」。
五十九：為什麼呢？
七百四：教官說我身上有「多餘」的肉，「餘肉」百姓。
五十九：原來你不是最近胖的。
七百四：我最近瘦了，可能是長身高。
五十九：肉量不變，上下拉長？
七百四：國中的時候更胖。
五十九：啊？
七百四：國中的時候，老師說「人為刀俎，我為魚肉」。
五十九：這個典故出自《史記．項羽本紀》，也就是俗稱「鴻門宴」的故事。
七百四：故事內容是什麼呀？
五十九：「鴻門宴」你沒聽過？
七百四：可能聽過，不確定。
五十九：話說，項羽的軍師范增得到內線消息，說劉邦有反叛之心，定下計策，約劉邦到鴻門來吃飯，要在酒酣耳熱之際，趁其不備，殺了他。項羽的叔叔項伯和張良是好朋友，擔心張良會陪著一起死，於是就私下告訴了張良，大家就有了防備。

七百四：兩邊都有內線。

五十九：酒席間，范增命令項莊舞劍助興，準備順手殺掉劉邦，就是所謂「項莊舞劍，意在沛公」。

七百四：沛公又是誰？

五十九：就是劉邦。

七百四：喔。

五十九：項伯也起身舞劍，故意擋住項莊行刺，計策沒有成功。劉邦假借要噓噓，尿遁，卻覺得自己沒有告辭，不禮貌。部將樊噲說「人為刀俎，我為魚肉」能逃就快逃吧！

七百四：原來樊噲也是個胖子？

五十九：應該很壯，不算胖吧。

七百四：那他怎麼也說自己「餘肉」？

五十九：意思是「放在案板上待宰的肉」。

七百四：我想起來了！我們老師就是說我鴻門宴吃多了。

五十九：我覺得你吃得不夠多。多讀點古書，多累積些典故、詞彙，有助於我們從事表演工作。

七百四：有啊有啊，我經常讀古書。

五十九：哦？例如最近讀了什麼呢？

七百四：一九六二年版的《蜘蛛人》、一九六三年版的《鋼鐵人》和《奇異博士》。

五十九：你指的是……漫畫？

七百四：都是這些人物初次登場喔！我有個伯父，小時候住美國，收藏了好多漫畫古書。

五十九：漫畫古書？

七百四：對呀。

五十九：還有沒有其他的？

七百四：什麼其他的？

五十九：好比說……文學、歷史氣氛比較濃厚的……古書？

七百四：有啊有啊，你們編劇寫了一個新劇本，我覺得很有古書的味道。

五十九：他寫劇本的風格確實是這樣。

（微一停頓。）

七百四：話說！浪裡白條張順從潯陽江裡捕來兩尾金色鯉魚，送給山東及時雨宋江。宋江見魚新鮮，貪愛爽口，多喫了些，至夜四更，肚裡絞腸刮肚價疼，天明時，一連瀉了二十來遭，昏暈倒了，睡在房中。

五十九：稍微等一下。

七百四：如何？

五十九：這段話不太像是你說的。

七百四：明明就是我說的。

五十九：我的意思是說，不太像是從你嘴裡說出來的。

七百四：明明就是，所有人都聽見了，是從我嘴裡說出來的。

五十九：話是你說的，意思卻不明白。

七百四：很明白呀！

五十九：你倒說說看，誰是張順？

七百四：不是張順，是「浪裡白條張順」。
五十九：他是誰？
七百四：不知道。
五十九：不知道你也講？
七百四：我難得來相聲瓦舍演一次，你們那個帶頭的又不好搞，劇本寫得跟古書一樣，很將就……
五十九：你說誰寫劇本很將就？
七百四：不，我是說很「講究」……
五十九：我看你說話是很危險。
七百四：劇本這樣寫，我照背就好啦。
五十九：劇本這樣寫，你就不能調整一下嗎？
七百四：怎麼調整。
五十九：我是怎麼教的，你全忘啦？
七百四：啊？
五十九：比如說「山東及時雨」，你不知道他是誰。

七百四：我確實不知道。

五十九：那就在心裡代換一個你知道的人，這樣，說出來就有畫面。

七百四：我懂了！神力女超人！

五十九：什麼？

七百四：「山東及時雨」、「神力女超人」，都是五個字。

五十九：你只管字數呀？那「浪裡白條張順」怎麼辦？

七百四：「浪裡白條張順」……「蝙蝠俠與羅賓」！剛好！

五十九：你真的覺得可以這麼換？

七百四：可以呀。

五十九：你說說看？

七百四：「蝙蝠俠與羅賓」，從「太平洋」裡抓來兩條「土虱」……

五十九：「土虱」是長在太平洋裡的呀？

七百四：你不管嘛！送給「神力女超人」。「神力女超人」覺得「蝙蝠俠與羅賓」很上道，就做了一鍋「當歸土虱」，大家一道嗑。

五十九：要不要叫水行俠和閃電俠也來？

七百四：不要，人太多，怕不夠吃。結果土虱沒有處理乾淨，細菌感染，蝙蝠俠與羅賓、神力女超人都剉屎了。
五十九：超人也會剉屎？
七百四：超人剉屎更嚴重，屁眼也有超能力，壓力大、速度快，來不及跑廁所，半路就拉了。
五十九：拉在褲子裡？
七百四：哪有褲子？都從三角褲的邊邊滲出來了……
五十九：噁不噁心！
七百四：流到兩條大腿上……
五十九：噁心！
七百四：流進靴子裡……
五十九：太噁心！
七百四：你看我改得怎麼樣？
五十九：你……出人意表……劇本原作者一定想不到。
七百四：他不會生氣吧。
五十九：你最好不要讓他知道。

七百四：再來！你再說，我再來改。

（頓。）

五十九：說到「魚肉」，讓我想起兩道菜，都跟宋朝的杭州有關。

七百四：杭州我去過，西湖很漂亮。

五十九：也都跟西湖有關。先說北宋的「東坡肉」。

七百四：東坡肉，太好吃了！

五十九：話說！

七百四：開始！

五十九：大文豪蘇東坡，被貶官到黃州，朋友幫他搞了一個住的地方，他取名為「東坡雪堂」。

七百四：蘇「東坡」的名字就這麼來的？

五十九：因為沒錢，又想吃點好吃的，於是就買最便宜的五花肉來燉。

七百四：對，沒錢，就要會自己做。

五十九：蘇東坡燉肉，有詩為證，〈豬肉頌〉……

七百四：請。

五十九：「洗淨鐺，少著水，柴頭掩煙焰不起。待他自熟莫催他，火候足時他自美。黃州好豬肉，價賤如泥土。貴者不肯食，貧者不解煮。早晨起來打兩碗，飽得自家君莫管。」

七百四：雖然不是完全聽懂，但很有意思。

五十九：後來，蘇東坡又擔任杭州知州，領導民眾疏濬西湖，大功告成，要犒賞眾人，吩咐廚師將百姓們贈送的豬肉，燉製佳餚，配上紹興酒，一起分送給大家。廚師誤會了，把紹興酒加在肉裡一起燉，意外燉出了特別香醇可口的五花肉。後人就將這塊風味獨特的酒香燉肉，命名為「東坡肉」。

七百四：我懂了！「復仇者聯盟」完成任務，鋼鐵人請大家吃東坡肉。

五十九：這就發生啦？

七百四：大家都喝了酒，只有鋼鐵人沒喝。

五十九：為什麼？

七百四：喝酒不開車，他等一下要自己飛回去，怎麼能喝酒呢？

五十九：說得對。

七百四：但是他不知道，東坡肉裡面加了很多紹興酒，最上頭！

五十九：啊？

七百四：飛回去的時候，半路抓兔子……嘔！嘔！

五十九：吐啦？

七百四：吐在自己的面罩裡……

（頓。）

五十九：太慘了！

七百四：改得不錯吧？

五十九：我不得不佩服你，置換的能力很驚人，也確實懂了典故的意思。

七百四：謝謝老師誇獎。

五十九：剛才前面提到山東及時雨宋江，在江州吃魚拉肚子，那是《水滸傳》小說裡非常重要的一個轉折，第三十九回，「潯陽樓宋江題反詩」。

七百四：宋江是誰？
五十九：《水滸傳》的男主角，臉黑，綽號叫黑三。
七百四：我知道了。
五十九：話說宋江拉肚子，休養了幾天，全好了，到潯陽樓逛逛。抬頭一看牌匾，「潯陽樓」三個字，居然是蘇東坡寫的。
七百四：這麼巧！兩個故事裡的人湊在一起了？
五十九：想起蘇東坡被貶官的時候，寫的一首詞，〈西江月〉。「世事一場大夢，人生幾度秋涼？夜來風葉已鳴廊，看取眉頭鬢上。酒賤常愁客少，月明多被雲妨，中秋誰與共孤光，把盞淒然北望。」
七百四：「人生短短幾個秋，不醉不罷休」……
五十九：悟性不錯。於是，宋江比照蘇東坡，也寫了一首〈西江月〉。
七百四：做作。
五十九：直接寫在潯陽樓的牆上。
七百四：塗鴉？
五十九：「自幼曾攻經史，長成亦有權謀。恰如猛虎臥荒丘，潛伏爪牙忍受。不幸刺文雙頰，那堪配在江州。他年若得報冤讎，血染潯陽江口。」

七百四：這麼兇啊？

五十九：又多喝了兩杯，藉著酒意，寫下更豪邁的四句。「心在山東身在吳，飄蓬江海謾嗟吁。他時若遂凌雲志，敢笑黃巢不丈夫！」

七百四：這個聽起來……是不是要造反哪？

五十九：有長進！說得對！

（頓。）

七百四：不是還有一道關於西湖的菜嗎？

五十九：記性倒是不壞。

七百四：那快說吧，不要耽誤時間了。

五十九：北宋末年，內憂外患，境外有大金、蒙古，境內有四大寇，淮西王慶、河北田虎、江南方臘、山東宋江。

七百四：山東及時雨宋江？

五十九：就是他。

七百四：果然造反了。

五十九：徽、欽二帝被金兵綁票，高宗在南方即位，稱為南宋。岳飛為此寫下震爍古今的〈滿江紅〉，「靖康恥，猶未雪，臣子恨，何時滅」？

七百四：我小時候經常得到「滿江紅」。

（頓。）

五十九：北方淪陷，南宋將首都遷到臨安。

七百四：臨安是哪裡？

五十九：就是現在的浙江杭州。

七百四：喔！很熟。

五十九：宋嫂隨著家人，也遷居到杭州，在西湖捕魚維生。

七百四：到了西湖了！

五十九：宋嫂原本是汴京人，汴京就是今天的河南開封。

七百四：黑寡婦是地球人，地球就是太陽系的第三顆行星。

（頓。）

五十九：有一天，宋嫂丈夫的弟弟，得了重感冒。

七百四：浩克跟外星人打架，受了重傷，變回原形。

五十九：賢慧的宋嫂，用鮮魚熬了一道魚羹，小叔吃了，病很快就好了。

七百四：而且浩克老毛病又犯了，綠巨人拒絕變形，身體很弱。幸虧黑寡婦愛上他，就在宇宙太空船上保護他。

五十九：宋嫂用魚肉片兒、白菜、筍絲，燉湯勾芡，打蛋花，加胡椒、烏醋、香菜，做出了美味的魚羹，於是，就在西湖畔擺攤，賣這道魚羹。

七百四：太空船在宇宙飄流，索爾變胖、美國隊長退休、鋼鐵人死掉、蜘蛛人回紐約上學……整個復仇者聯盟都聯絡不上。

五十九：有一天，宋高宗在西湖坐船閒遊，隨行的太監聽到岸邊有人叫賣魚羹，而且是汴京家鄉口音！

七百四：有一天，佛地魔出現了……

五十九：他們是同一套作品裡的人物嗎？

七百四：你不管嘛！佛地魔出現，發現黑寡婦居然也是地球人！

五十九：算是老鄉。

七百四：正所謂「老鄉看老鄉，兩眼淚汪汪」。

五十九：宋高宗一邊吃著魚羹，一邊與宋嫂聊聊家鄉往事，皇上龍心大悅，重重有賞，也對魚羹讚譽有加。

七百四：當時，宇宙魔方，也就是空間寶石，已經被薩諾斯搶走。

五十九：事情傳開了，這道「宋嫂魚羹」就揚名杭州了。

七百四：佛地魔就用「消影術」，送黑寡婦回地球，但是他不想帶浩克。浩克終於生氣了，變形成綠巨人，和佛地魔展開太空大戰！佛地魔用盡所有的魔法，浩克都不怕，只是連續中了「轟轟破」、「爆爆炸」、「去去武器走」，肚子痛，拉了一條好粗、好長、綠色的大便。

五十九：啊？

七百四：後來他們平安的返回地球。

五十九：那條大便……

七百四：想像一下，浩瀚的宇宙飄浮著一條綠色的巨人大便，進入銀河系、進入太陽系，受到引力的作用，進入地球軌道、穿過大氣層、一直落下、一直落下……

五十九：你的天文觀念倒是正確的。

七百四：轟！剛好擊中臺灣，因為重力加速度的關係，噴濺散布在整個臺灣島上。

五十九：你還懂重力加速度？太令我意外了！

七百四：整條大便上的蛆，也就遍布全臺灣了。

五十九：綠色的蛆。

七百四：不，雖然大便是綠色的，但蛆就是蛆，白色、藍色、綠色，什麼顏色都有。

五十九：嗯？

七百四：吃大便，是不分藍綠的。

五十九：嗐！

（本段結束。）

三・【愛吃豆腐】

五十九：從前有一個宰相，勤政愛民，孝敬老母，愛家人、愛部屬，正直清廉，雖一毫而莫取。
七百四：世上有這麼完美的人嗎？
五十九：不要因為現在看不到，就以為從前沒有。
七百四：這個世界，也曾經美好過。
五十九：有一個部下，感念宰相的救命之恩，送了兩隻恐龍到府上來。
七百四：恐龍！
五十九：不要因為現在看不到，就以為從前沒有。
七百四：可是，恐龍……也太……
五十九：宰相不在家，老夫人親自到門口接待，看見禮物，堅持不收。
七百四：兩隻恐龍，沒什麼吧？

五十九：今天是兩隻恐龍，明天就會變成兩個外星人，後天就會變成兩艘太空船，拿了，人就變了。

七百四：變成科幻片……

五十九：客氣推辭之間，那隻母恐龍吼一聲！

七百四：怎麼了？

五十九：下了一顆蛋。

七百四：恐龍都下蛋了。

五十九：老夫人說：「既然這顆蛋是在我門口下的，我就收下了，你的心意我也收下，代我兒子謝謝你。」

（頓。）

七百四：後來……那顆恐龍蛋……孵出來了？

五十九：孵出小恐龍，風險太大，用了家裡最大的炒菜鍋，加蔥花蘿蔔乾，把那顆恐龍蛋打成蛋花，一半煎了。

七百四：做成菜餔蛋？
五十九：另一半，炒豆腐。
七百四：我最喜歡吃豆腐。

（八一七上場。）

八一七：吃誰的豆腐呀？
七百四：學姊！
五十九：學姊！
八一七：你們兩個，知道我是幹什麼的嗎？
七百四：您是……學姊！
八一七：是什麼學姊？
五十九：是我們的學姊。
八一七：說清楚，不然觀眾對我不熟，搞不懂。
七百四：學姊是來搞懂的。

五十九：學姊是來幫觀眾搞懂的。
七百四：學姊本來不懂，但是裝懂。
五十九：錯，學姊本來就懂，她是裝作不懂……
八一七：停！

（頓。）

越搞越不懂了！（微一停頓）我，身為你們的學姊，你們說的，我當然都懂。但是觀眾裡可能有人不懂，觀眾花錢買票進場看戲，他一定不好意思說不懂，所以，我要代表觀眾，懂，也要裝作不懂。你們就要把我當作是個完全不懂的人，從頭讓我搞懂。懂不懂？

（頓。）

七百四：報告學姊……

二　人：懂！

八一七：剛才說到哪裡了？

五十九：說到「豆腐」。

八一七：接著說。

五十九：豆腐的花樣很多。

七百四：嫩豆腐、老豆腐、蛋豆腐、凍豆腐、臭豆腐、絹豆腐、木棉豆腐、百頁豆腐。

五十九：沒錯。

七百四：我是豆腐通。

八一七：是嗎？那我問你……豆腐是誰發明的？

七百四：不知道。

八一七：那還說自己豆腐通。

七百四：我是吃豆腐通。

八一七：只管吃？

七百四：我只管吃，管他誰發明的。

五十九：報告！我知道！豆腐的發明人，是淮南王劉安。

八一七：答對了！淮南王劉安……是……誰？
五十九：漢朝開創者劉邦的孫子，也是哲學巨著《淮南子》的總編輯。
（七百四和八一七面面相覷。）
二　人：都不知道。
五十九：兩千年前，他就在進行各種科學實驗。
七百四：哦？
五十九：燒艾草，利用熱力上升的原理，使得雞蛋殼升空飄浮。
七百四：熱氣球？
五十九：豆漿偶然潑灑在煉丹的石膏上，意外發明了豆腐。
七百四：煉丹？
五十九：可以算是一種藥物化學實驗。
七百四：他想長生不老？
五十九：後來謀反失敗，被判處服藥自盡，他就順便吃了自己煉成的仙丹，飛走了。

七百四：真成了神仙？

五十九：他家養的小雞、小狗，吃了劉安剩下的殘渣，也都升天了。

七百四：「一人得道，雞犬升天」？

五十九：對了，就是這句話的典故。

七百四：原來就是他發明的豆腐。

八一七：聽到沒有？不要只顧吃。

七百四：學姊好像有聽懂？

八一七：懂？我原本就懂，相信原本不懂的觀眾也懂了。繼續！

七百四：報告學姊！我也會說。

八一七：說什麼？

七百四：有關豆腐的歇後語、俏皮話。

五十九：您會？我不信！

七百四：不信我們來比呀！

五十九：比什麼？

八一七：太好了！我來當裁判，你們兩個說，誰輸了，我就吃誰的豆腐……不，誰就要請吃豆腐！

五十九：可以！

七百四：誰怕誰！

五十九：來呀！

七百四：來！

八一七：聽我口令！預備備……開始！

（略一停頓。）

七百四：我說話，是「小蔥拌豆腐，一青二白」。

五十九：我看您是「叫化子吃豆腐，一窮二白」。

七百四：我一說，你就是「豆腐擋刀，招架不住」。

五十九：您一說，就是「搭起戲臺賣豆腐，買賣不大架子大」。

七百四：我這人，是「辣椒炒豆腐，外辣裡軟」。

五十九：我看您是「豆腐吃多了，嘴鬆」。

七百四：算了，我們是「豆腐白菜，各有所愛」。
五十九：對了，我們「白菜燴豆腐，誰也不沾誰的光」。
七百四：因為，你是「頭髮絲穿豆腐，提不起來」。
五十九：您是「馬尾巴穿豆腐，提不起來」。
七百四：你「鐵絲穿豆腐，提不起來」。
五十九：你「鋼絲穿豆腐，提不起來」。
七百四：我們真是「豆腐渣包餃子，捏不攏」。
五十九：因為你「豆腐渣上船，不是貨」。
七百四：我是「張翼德賣豆腐，黑白分明」。
五十九：你是「關老爺賣豆腐，人強貨不硬」。
七百四：你怎麼一直吃我豆腐！
五十九：不敢，我這人向來刀切豆腐，兩面光。
八一七：停！（頓）誰贏了？
七百四：報告學姊，不分勝負。
五十九：報告學姊，很難分出勝負。

八一七：那怎麼辦？
五十九：直接來吃豆腐吧。
七百四：什麼？
五十九：來說吃豆腐吧。
八一七：那……誰說？
七百四：豆腐既美味又營養，而且價格親民，是人人吃得起的好東西。
五十九：是。
七百四：中國人把吃豆腐這件事，傳遍了全世界。
五十九：外國人怎麼說「豆腐」？
七百四：就是「豆腐」
五十九：我是說豆腐的英文？
七百四：就是「豆腐」，日文也是「豆腐」，在日本，連漢堡店都賣「麻婆豆腐」。
五十九：是啊？
七百四：說起麻婆豆腐，是人間極品。
五十九：你知道麻婆豆腐是哪裡的菜嗎？

七百四：辣的，應該是川菜。
五十九：正確。
七百四：一個姓麻的老太婆發明的。
五十九：誰說的？
七百四：我說的。
五十九：啊？
七百四：麻婆嘛，應該就是姓「麻」的老太「婆」。

（頓。）

五十九：字面思考，也該換換角度。傳統文化裡，中國人會把自己喜歡的女人，尊稱為「姊」。
七百四：現在都叫「妹」。
五十九：你看在古典小說、戲曲裡，書生都管叫「大姊」。
七百四：叫得好老喲！

五十九：這是傳統禮節。
八一七：你們是在講我嗎？
五十九：「學姊」是專有名詞。
七百四：指那些不懂裝懂的老女人。
八一七：啊？
五十九：指那些裝不懂，幫別人搞懂的真女人。
八一七：你……有前途。
五十九：四川人，管受歡迎的女人叫「婆娘」。
七百四：更老！
五十九：其實是帶有「老婆」的意味，吃人家豆腐。
七百四：原來！
五十九：「麻婆」是個年輕的寡婦，在成都郊外開快炒店，隔壁左邊是個牛肉舖、右邊是豆腐坊，她靈機一動，就把隔壁賣的豆腐加上碎牛肉，用辣油花椒快炒，淋在飯上，麻！辣！香！來往的腳夫、苦力，都是飯量大、呷粗飽的人，辣辣的豆腐蓋飯，正合適，於是大受歡迎。

七百四：原來是這樣。學姊懂不懂？
八一七：懂？我原本就懂，相信原本不懂的觀眾也懂了。繼續！
五十九：這個俏麗的年輕寡婦，臉上長著許多雀斑，於是大家就私下稱為「麻婆」。
七百四：臉上長麻子的婆娘。
五十九：也對。
七百四：現在我也懂了，為什麼「黑寡婦」會這麼受歡迎。
五十九：這是怎麼聯想的？
七百四：明明是「寡婦」，但因為長得漂亮，又身手矯健，所以被喜歡。
五十九：是吧。
七百四：「復仇者聯盟」，你最喜歡誰？
八一七：（搶白）這還會有別的答案嗎？當然是鋼鐵人。
七百四：為什麼？
八一七：又帥、又酷、又風流、智商又高，鋼鐵衣高科技，武器多，會飛，愛家、愛老婆、愛女兒，而且是個大富豪！
七百四：但是他死了。

八一七：對，他死了，我都哭了。

七百四：我喜歡浩克。

五十九：為什麼？

七百四：因為黑寡婦喜歡浩克。

五十九：你不喜歡索爾嗎？

七百四：也行，大老粗，挺可愛的。

五十九：我喜歡蜘蛛人。

七百四：蜘蛛俠。

五十九：臺灣翻譯叫蜘蛛人。

七百四：我爸小時候收藏的漫畫中文版，其實也翻譯成蜘蛛俠。現在中國大陸、香港，都叫蜘蛛俠。

五十九：Spider“MAN”，怎麼會蜘蛛「俠」呢？

七百四：那 Bat“MAN”，怎麼會蝙蝠「俠」呢？

五十九：這……

七百四：Aqua“MAN”，怎麼會水行「俠」呢？

五十九：呃……

（頓。）

八一七：不懂？

五十九：糟糕！學姊不懂……

（頓。）

七百四：我舉個例子。有一次坐高鐵，從上海到蘇州，一對小姊弟隔著走廊對話，妹妹問哥哥「你在玩什麼？」

五十九：玩什麼？

七百四：哥哥正在玩手遊，說「蜘蛛俠光芒萬丈」。

五十九：這是什麼東東？

七百四：強國版跨文化侵略打殺遊戲。

五十九：聽了就像山寨貨。

七百四：妹妹看了看畫面，說「蜘蛛俠這麼瘦！是個女的吧？」

五十九：因為他是高中生，很年輕。

七百四：哥哥以極其厭惡的口氣說「不懂別說話！」

五十九：就是，閉嘴！

七百四：「蜘蛛俠男的！」

五十九：對，男的！

七百四：「女的是蜘蛛精！」

五十九：啊？

七百四：「我打死你蜘蛛精」！

五十九：啊？

七百四：「我打死你蜘蛛俠」！

五十九：真暴力。

七百四：「我用蜘蛛絲射死你」！

五十九：嗐。

七百四：「我也用蜘蛛絲射死你」！
五十九：嚄！
七百四：哥哥說「停！蜘蛛俠的蜘蛛絲是從手上射的，蜘蛛精不是從手上射的。」
五十九：蜘蛛精是從肚臍眼射的。
七百四：你也知道？
五十九：讀過《西遊記》的都知道。
七百四：小女孩就把裙子往上一掀！露出肚臍眼、幫寶適……
五十九：幫寶適？
七百四：年紀小，還在包尿布。「我射死你蜘蛛俠」！
五十九：我該說「好可愛」嗎？
七百四：哥哥大喊「蜘蛛俠光芒萬丈」！妹妹跟著學「蜘蛛俠光芒萬丈」！
五十九：欸。
七百四：哥哥說「我是蜘蛛俠，妳是蜘蛛精」！
五十九：分得很清楚。
七百四：「我是蜘蛛俠！光芒萬丈！」「我是蜘蛛精！光芒萬丈！」

（兩人重複呼喊，越來越吵。）

八一七：停！（頓）有沒有規矩？高鐵車廂裡喧譁，還淨說一些不三不四的鬼話！

七百四：報告學姊，我錯了。

五十九：報告學姊，我下次不敢了。

八一七：（對二人）你是蜘蛛俠？妳是蜘蛛精？沒出息！（對七百四）尤其是妳！什麼不好當？要當蜘蛛精！

七百四：報告學姊，我錯了。

八一七：一個女孩子家，怎麼能當蜘蛛精呢？

七百四：報告學姊，那我該當什麼呢？

八一七：一個女人，要想出人頭地，必須要當狐狸精！

（頓。）

七百四：看起來，學姊好像懂了？

八一七：懂了懂了！相信原本不懂的觀眾，現在也懂了。

五十九：恭喜大家。

八一七：不瞞你們說，其實我很怕蜘蛛。

五十九：我討厭蟑螂，蜘蛛是蟑螂的天敵。

七百四：我也怕看到蜘蛛，尤其是大喇牙，用棒子打爛。

五十九：錯了！越大的蜘蛛越好，家裡有大喇牙，保證沒有蟑螂。

七百四：真是兩難。

五十九：而且，家裡有蜘蛛，是帶財的象徵。

七百四：怪不得我窮。

八一七：妳把喇牙都打爛了。

七百四：下次會注意。

五十九：孫悟空一次打爛七個大蜘蛛。

二　人：嗯？

五十九：話說！唐三藏肚子餓了，要去化緣。

八一七：化緣是什麼意思？

七百四：報告學姊，就是去要飯。

五十九：平時都是豬八戒去跑腿，實在太荒涼，孫悟空一個筋斗雲，快去快回。

七百四：沙和尚呢？

五十九：通常都是他留守，看著行李、馬匹，保護師父。有時候，妖怪就在這個時候來了，抓走唐三藏。

七百四：沙和尚著名的臺詞就是「大師兄！師父被妖怪抓走了！」

五十九：有的時候，連豬八戒一起被抓走。

七百四：「大師兄！二師兄也被妖怪抓走了！」

八一七：停！

（頓。）

「孫悟空」是誰？「唐三藏」是誰？

（頓，頗久。）

五十九：孫悟空就是……

八一七：我不是在「問」你！（微一停頓）沙和尚是誰？豬八戒又是誰？

七百四：豬八戒就是……

八一七：妳！（頓）憑什麼？這幾個名字說出來，好像大家理所當然的都認識？憑什麼？不允許這個世界上有人不認識孫悟空豬八戒？

五十九：因為……

八一七：我不是在問你！

七百四：學姊……

八一七：豬八戒！

二　人：是！

（頓。）

八一七：再提醒一次。我，身為你們的學姊，當然都聽得懂。但是觀眾裡可能有人不懂，他花錢買票，一定不好意思說不懂，所以，我必須代表觀眾，懂，也要裝作不懂。你們，就要把我當作是個完全不懂的人，從頭解釋。這樣，懂不懂？

（頓。）

七百四：報告學姊……

二　人：懂！

八一七：很好！繼續！

五十九：然而，今日與往日不同。

七百四：哦？

五十九：看看不遠處，就有一座莊園，唐三藏打算自己去化緣。

七百四：這……好嗎？

五十九：孫悟空說他要去，豬八戒也說他要去。唐三藏把臉一臭……

七百四：不高興了。

五十九：沙和尚說：「大師兄，師父個性不好，你不讓他去，等會兒你們就算化緣回來，他也不吃。」
七百四：有毛病。
五十九：於是，勉為其難，就讓唐三藏自己去。
七百四：高興了吧。
五十九：來到莊前，唐三藏遠遠看見四個年輕女子，在那兒繡花。
七百四：做針線。
五十九：四個女子正當妙齡，都濃妝豔抹，俏麗出色。
七百四：有豔福了。
五十九：唐三藏是出家人，而且是個很刻板的出家人，一看旁邊沒有男子，傻傻站了一個鐘頭。
七百四：呆子。
八一七：何止呆？根本棒槌！

（頓。）

七百四：學姊懂了，繼續。

五十九：鼓起勇氣再往前走，又看見院子裡另外有三個女孩子，正在踢球。

七百四：喲！

五十九：眉飛色舞、香汗淋漓。

七百四：四加三，七個女孩子，豔福不淺。

五十九：偏偏他是唐三藏，一心向佛，無福消受。

七百四：可惜了。

五十九：唐三藏朗聲說道「阿彌陀佛」！

七百四：「哪位點的唐僧肉，新鮮送到」！

五十九：七個女子放下針線、踢開了球，一起跑到唐三藏面前，雙手合十：「奴家有禮了！」

七百四：這麼有禮貌？

五十九：簇擁著唐三藏，請進去坐。唐三藏一進去就感覺陰風慘慘、妖氣陣陣。

七百四：他也感覺出來了？

五十九：這段故事，在《西遊記》第七十二回，「盤絲洞七情迷本，濯垢泉八戒忘形」，來到小說的中後段，唐三藏已經被各種妖怪抓走了很多次，有經驗了。

八一七：這還需要經驗？擺明著，一座莊園只有七個年輕漂亮女孩子，這就是妖氣！

七百四：學姊又懂了，繼續。

五十九：七個女子要款待唐三藏。

七百四：怎麼款待？

五十九：端來兩盤熱菜，一盤燒麵筋、一盤煎豆腐。

七百四：都是素的，可以吃。

五十九：麵筋是人油煉的，豆腐是人腦切片。

七百四：真是豆腐「腦」啊！

五十九：唐三藏不吃，妖怪們翻臉了，把他綁了起來。

七百四：「大師兄！師父被妖怪抓走了！」

八一七：沙和尚說話了。

七百四：繼續。

五十九：妖怪們開始脫衣服，唐三藏緊張了。

七百四：要被輪姦了。

五十九：七個妖怪露出肚臍，噴出蜘蛛絲來，「噗滋」……把莊園大門封了，到後山泡湯。

七百四：還要先洗澡？

五十九：七個蜘蛛精愛洗澡，後山有個溫泉，叫濯垢泉，她們每天洗三次。

七百四：挺愛乾淨。

五十九：從前，后羿射日，射下九個太陽，其中一個就掉落在此，形成了這個天然溫泉。

七百四：溫泉洗澡，確實有益健康。

五十九：請注意，這個叫做「濯垢泉」，意思是把身體的髒汙洗掉。

七百四：對呀。

五十九：七個蜘蛛精的髒汙是什麼？

七百四：是？

八一七：妖氣。你們兩個是怎麼了？蜘蛛精除了妖氣，還有什麼？

二　人：學姊英明！

七百四：繼續……

五十九：他們又要吃人，又要洗掉妖氣。

七百四：挺賤的。

（頓。）

五十九：孫悟空就在不遠的地方，蜘蛛精一作妖法，大聖爺就感覺到了，趕緊跑過來，掏出金箍棒，打不斷蜘蛛絲？

八一七：蜘蛛人噴的絲，鋼鐵人一下也弄不掉。

（頓。）

五十九：追到濯垢泉，七個女孩子，脫得精光赤條，嘻嘻哈哈地玩水。

七百四：孫悟空有豔福。

五十九：孫悟空沒興趣，心想「趁她們洗澡的時候打死她們？不是好漢。」於是變成一個老鷹，把衣服都叼走了。

七百四：脫得光溜溜，都不敢出池子了。

五十九：見到二位師弟，把狀況一說。豬八戒義憤填膺，說：「大師兄！對付妖怪，怎麼能夠心軟，你去救師父，待老豬去收拾妖怪！」

七百四：這……哪裡不對勁？

五十九：豬八戒向來好吃懶做，孫悟空每次叫他去打妖怪，都是拖拖拉拉，這次怎麼這麼主動？

七百四：因為？

五十九：因為他聽說，是七個脫光光的年輕女子。

八一七：因為他是豬八戒！

三　人：（齊聲）色！

五十九：豬八戒來到濯垢泉，大喊一聲：「妖怪休走！老豬來也！」

七百四：來幹什麼？

五十九：那豬八戒乃是統領天河水軍的天蓬元帥轉世，在水裡最是自在，撲通跳進溫泉裡，變成一個肥滋滋、滑溜溜的鯰魚精。

七百四：土虱！

五十九：淨往七個女子的腿間胯下鑽來撞去……

七百四：哎呀……哎呀……

八一七：（與七百四同步）哎呀……哎呀……

五十九：水深及胸，鯰魚長長的鬍鬚在七個女子的胸口徘徊磨蹭……

七百四：啊……啊……他好壞……

八一七：（與七百四同步）啊……啊……他好壞……

五十九：七個女人明明氣喘吁吁，面容倦怠，卻沒有一個從池裡跳出來。

七百四：這你就不懂了……

八一七：我懂……我懂……

（頓。）

七百四：學姊懂了，繼續！

五十九：豬八戒再來一次！往腿間胯下鑽來撞去！

七百四：哎呀……哎呀……

八一七：（與七百四同步）哎呀……哎呀……

五十九：水深及胸，鯰魚長長的鬍鬚在七個女子的胸口徘徊磨蹭！

七百四：啊……啊……他壞死了……

八一七：（與七百四同步）啊……啊……

五十九：七個女人又氣喘吁吁……豬八戒再來一次！

七百四：別來了！

八一七：可以！可以！再來！再來！

（頓。）

五十九：眼看七個女人就要被豬八戒放倒。

七百四：一打七，果然是好豬哥！

八一七：因為他是豬八戒！

五十九：七個蜘蛛精又從肚臍眼噴絲，「噗滋」……豬八戒被綁了。

七百四：「大師兄！二師兄也被妖怪抓走了！」

五十九：七個蜘蛛精光溜溜、赤條條，嬉皮笑臉地，一路跑回莊園。

七百四：跑啦？

五十九：當然沒有。後來一場大決戰，孫悟空從尾巴上拔下一把毫毛，變成七十個小猴子，十打一，抓住七個蜘蛛精，一聲令下，亂棍打爛！

七百四：猴子也討厭蜘蛛，打爛。

（頓。）

八一七：停！有很多觀眾，原本不懂，剛剛搞懂，你們就突然不說了？

五十九：應該見好就收。

八一七：但是學姊我，本來就懂，你應該讓我懂個透徹呀！

七百四：學姊的意思是？

（頓。）

五十九：我請客！請學姊吃豆腐。
八一七：吃什麼豆腐？
五十九：麻婆豆腐。
七百四：好。
五十九：小蔥皮蛋拌豆腐。
七百四：行！
五十九：還有一道招牌菜。
二　人：是？
五十九：鯰魚燒豆腐。
七百四：這……
五十九：豬八戒變的鯰魚精，鑽進你身體裡，肥滋滋、滑溜溜、鑽來撞去……
七百四：哎呀……哎呀……
八一七：（與七百四同步）哎呀……哎呀……
五十九：水深及胸，鯰魚長長的鬍鬚在七個女子的胸口徘徊磨蹭！
七百四：啊……啊……他壞死了……

八一七：（與七百四同步）啊……啊……

五十九：七個女人又氣喘吁吁……豬八戒再來一次！

八一七：豬八戒！

（頓。）

二　人：學姊，懂不懂？

八一七：懂！你們兩個！別再吃我豆腐了！

（本段結束。）

四·【院長餓了】

五十九：中國傳統四大菜系，魯、川、蘇、粵。
七百四：山東、四川、江蘇、廣東。
五十九：對囉。
七百四：等會兒，我們以前說過一個小段子，叫「京湘川江粵」，五大菜系嗎不是？
五十九：京，指的是北京，幾百年帝王之都，宮廷料理。
七百四：是。
五十九：其實是以山東魯菜作為基礎。
七百四：喔。
五十九：「九轉肥腸」、「山東燒雞」、「肉末海參」、「大蝦燒白菜」、「黃魚燉豆腐」，以及各式各樣的包子、餃子。
七百四：都是名菜。

五十九：山東人愛熱鬧，老鄉們喜歡聚在一塊兒，吃吃喝喝。

七百四：天性豁達。

五十九：從前有一個宰相，勤政愛民，孝敬老母，愛家人、愛部屬，正直清廉，雖一毫而莫取。

七百四：世上有這麼完美的人嗎？

五十九：不要因為現在看不到，就以為從前沒有。

七百四：這個世界，也曾經美好過。

五十九：這位宰相，是山東人。雖然貴為宰相，生活卻非常簡樸，供養老母親非常孝順。

七百四：經常有人送點雞蛋、恐龍蛋、驢子雞巴懶蛋的到家裡來……

（遭瞪，長長的停頓。）

五十九：他的部屬之中，也有一些山東老鄉，宰相對他們特別親切。

七百四：老鄉嘛。

五十九：有幾個熱情的，每隔一陣子，找著理由，就到宰相家裡來，陪老夫人說說家鄉話，順便幫著打掃環境、收收雜物、清清水溝什麼的。

七百四：挺周到的。

五十九：做完了活兒，都不走，哪怕已經沒有話題了，坐著發愣、傻笑。

七百四：這在等什麼呀？

五十九：老鄉們都窮，平日吃不起好的，盼望宰相請他們吃一頓。

七百四：嗐！這容易！

五十九：不容易。

七百四：嗯？

五十九：宰相是個清廉的人，家裡沒有多餘的錢糧。

七百四：所以也就養成了摳門兒的個性。

五十九：不摳門兒！宰相夫人變賣一些首飾細軟，換來酒肉，請老鄉們吃一頓。

七百四：這麼好？

五十九：山東老鄉，都開心、知足，吃飽了回家。

七百四：啊……

五十九：吃飯，是生存的必須。吃一頓飽飯，得到活下去的力量，也有了堅持下去的勇氣。
七百四：身心安頓。
五十九：行有餘力，能幫助別人也吃上一頓飽飯，功德無量。
七百四：善良。
五十九：有一些人，其實自己並不寬裕，但還是以幫助別人吃飽為第一要務。
七百四：是。

（頓。）

五十九：川菜。
七百四：「宮保雞丁」、「魚香肉絲」、「麻婆豆腐」。
五十九：您也很熟嘛。
七百四：那當然。
五十九：江蘇菜又融會了浙江菜，表現出長江下游的豐饒富庶，包羅了上海、淮揚、寧波、蘇、杭的經典菜色。

七百四：鹹水鴨、紅燒肉、獅子頭、東坡肉、糖醋排骨、西湖醋魚、龍井蝦仁、響油鱔絲、松鼠鱖魚、陽澄湖大閘蟹。

五十九：太豐盛了！

七百四：說得我都餓了。

五十九：廣東菜比較生猛。

七百四：蛇貓雞鱉，青龍白虎玄武朱雀，「四聖燴」。我們在別的戲裡說過。

五十九：也有正常的，蝦餃、燒賣、腸粉、狀元及第粥。

七百四：港式飲茶。

五十九：這就是魯、川、蘇、粵。

（頓。）

七百四：等會兒！「湘」呢？湖南菜跑哪兒去了？

五十九：湖南菜？什麼是湖南菜？我有個湖南朋友說「豆豉辣椒」。

七百四：豆豉辣椒？

五十九：什麼東西，用豆豉辣椒炒一炒，就是湖南菜。

七百四：例如？

五十九：豆豉辣椒炒蘿蔔干兒。

七百四：湖南菜。

五十九：豆豉辣椒炒豆腐干兒。

七百四：湖南菜。

五十九：豆豉辣椒炒小魚乾兒。

七百四：湖南菜？

五十九：豆豉辣椒炒鹹菜乾兒。

七百四：湖南菜？

五十九：豆豉辣椒炒辣椒乾兒。

七百四：哎哎哎！這伙食也太差了！湖南人就這麼慘哪？

五十九：這是說笑話。湖南人的手藝，站在中國各大菜系的樞紐地位，湖南人做出來的加工食材，深入到各種料理之中。

七百四：那是？

五十九：臘肉、火腿、香腸。

七百四：哎喲！對！

五十九：湖南菜本身，就有一道「臘味合蒸」。

七百四：臘肉臘腸合在一起蒸，超下飯！

五十九：「剁椒魚頭」。

七百四：媽呀！超下飯！

五十九：你飯桶啊？

七百四：湖南菜是特別下飯。

（頓。）

五十九：有一道湖南名菜叫「子龍脫袍」。

七百四：常山趙子龍？

五十九：話說，趙子龍在亂軍之中找到了糜夫人，夫人懷裡抱著阿斗。

七百四：劉備的老婆孩子。

五十九：趙子龍請夫人上馬，夫人腿上受傷，不肯拖累，懇求將軍務必救出阿斗，保住劉備的血脈。

七百四：劉備就這一個兒子。

五十九：說完，將阿斗放在地上，自己跳井而亡。

七百四：多麼烈性的女子！

五十九：趙子龍無奈，只得將水井搗毀，將夫人就地掩埋。

七百四：也是個有情有義的人。

五十九：卸下胸甲、脫開戰袍，將小主公抱起，放入懷中，穿回戰袍、鎖緊盔甲，搬槍，上馬！

七百四：衝！

五十九：在曹營陣中七進七出，終於衝過長坂橋。

七百四：張飛守在橋邊，為他斷後。

五十九：來到安全的地方，趙子龍脫袍一看……「嗚呼呀」！

七百四：小孩兒悶死了！

五十九：哎！睡著了。

七百四：說不定是被趙子龍的臭汗味兒熏昏了。
五十九：要說這阿斗是個有福之人吧？
七百四：怎麼說？
五十九：娘死了，軍陣之中衝撞，大將軍為了救他差點兒喪命，他卻安然睡著，一無所知。
七百四：又或者說，他是個知覺遲鈍的人。
五十九：果然，後來證明，是個「扶不起的阿斗」呀。

（頓。）

七百四：那……湖南菜「子龍脫袍」，跟這段故事有什麼關係？
五十九：毫無關係。
七百四：啊？
五十九：完全是借題發揮。湖南菜「子龍脫袍」，說穿了，就是「溜炒鱔絲」。
七百四：鱔魚呀？

五十九：長條狀的鱔魚，又稱為「子」龍。
七百四：小龍的意思。
五十九：講究刀工，要將鱔魚去骨、脫皮，叫做脫袍。
七百四：「子龍脫袍」。
五十九：趙子龍單騎救主，只是名詞上的聯想，但也增加了菜色的文化韻味。
七百四：聽過故事的人，吃起這道菜，就更有興味。
五十九：對囉！

（頓。）

五十九：湖南菜還有一道更有名的，「霸王別姬」。
七百四：楚霸王項羽？
五十九：古代的「楚國」就包括湖南。
七百四：對了。
五十九：話說！

七百四：故事又來了。

五十九：楚霸王項羽兵敗，被漢大將軍韓信十面埋伏，兵困垓下。夜晚來臨，聽聞漢軍營中傳來楚人歌聲，以為楚軍兵敗，漢軍已經占領楚國。望著自己的坐騎烏騅馬，望著親愛的妻子虞姬，自覺即將永別，不免哀嘆，寫下震爍古今的名篇，〈垓下歌〉。

七百四：〈垓下歌〉。

五十九：（唱）「力拔山兮氣蓋世，時不利兮騅不逝，騅不逝兮可奈何？虞兮虞兮奈若何？」

（頓。）

七百四：英雄末路。

五十九：虞姬為霸王舞劍，也不免哀傷夫妻即將別離，說道「漢兵已略地，四面楚歌聲，君王意氣盡，賤妾何聊生」……喀嚓！

七百四：怎麼了？

五十九：自刎了。
七百四：啊……四面楚歌……我知道。
五十九：楚人的歌聲。
七百四：也就是湖南地方小調。
五十九：兩千年前的湖南地方小調。
七百四：西元兩千零二十年的湖南地方小調。
五十九：那是？
七百四：（唱）「方艙醫院真神奇，治病救人教舞技，醫生護士才藝多，各領病人來一曲……」
五十九：湖南地方小調？
七百四：湖南人寫的方艙小調。
五十九：嗐。

（頓。）

七百四：那……湖南菜「霸王別姬」，跟這段故事有什麼關係？

五十九：毫無關係。

七百四：啊？

五十九：完全是借題發揮。「霸王別姬」的實際內容，是「甲魚雞湯」。

七百四：鱉呀？

五十九：霸王「鱉」雞。完全是利用諧音。

七百四：就是會掰嘛。

五十九：一道成功的菜，具備三個條件，第一，真好吃。

七百四：對，不好吃就別提了。

五十九：第二，很用心。

七百四：用廚藝、創意照顧別人吃飽、吃好。

五十九：有好吃的地方，就是家。

七百四：對。

五十九：第三，有故事。

七百四：太對了！一道菜的背後有故事，才能代代相傳。

五十九：所謂「食不厭精」，人類吃飯，許多時候已經不是為了解決飢餓。
七百四：動物是餓了吃，人類是按時吃，「餵食時間到」！拱拱拱……
五十九：不知不覺，很多人，都沒有餓的感覺了。
七百四：我就是，我已經很久沒有餓的感覺了。
五十九：那也有可能是大病的前兆。
七百四：啊？
五十九：飢餓，刺激人類求生的本能，失去了飢餓感，可能是生理問題，也可能是心理問題。
七百四：哎呀。
五十九：生理問題還算輕微，可能是胃發炎，也可能是肝膽胰臟有問題。
七百四：喔。
五十九：心理問題就麻煩了。
七百四：怎麼呢？
五十九：宋朝有個皇帝，宋仁宗，趙禎。
七百四：「貍貓換太子」，他就是僥倖沒被害死的太子，後來當了皇帝。

五十九：可能就是襁褓中受了風寒，留下的病根，有了心理問題。
七百四：啊？
五十九：後來，包青天查出來，他的生母在外受苦二十年，皇帝居然不知道，不孝！
七百四：龍頭鍘伺候！
五十九：哎！宋仁宗，基本上算是個好皇帝，只能象徵性的打幾下。
七百四：打皇帝？
五十九：打龍袍。
七百四：象徵性的意思意思。
五十九：宋仁宗被嚇到了。
七百四：啊？
五十九：「包黑子果然鐵面無私呀，連朕的龍袍都敢脫下來打？」從此，戰戰兢兢，不敢不勤政愛民。
七百四：那也是好事。
五十九：大臣們都是直話直說，皇帝也不生氣。
七百四：好皇帝。

五十九：就是看誰不順眼了，就請他離開，滾出開封府，上外地涼快去。
七百四：貶官哪？
五十九：心理有問題。
七百四：玩兒陰的。
五十九：范仲淹。
七百四：「先天下之憂而憂，後天下之樂而樂。」
五十九：歐陽修。
七百四：「禽鳥知山林之樂，而不知人之樂。」
五十九：司馬光。
七百四：打破水缸的司馬光。
五十九：後來范仲淹跑去岳陽樓，歐陽修跑去醉翁亭，司馬光只好跑去補水缸。
七百四：至於嗎？
五十九：宋仁宗就是不敢動包拯。
七百四：怕他。
五十九：經常專注思考國家大事、議政、批奏摺，而廢寢忘食。

七百四：沒有餓的感覺。
五十九：麻煩了。
七百四：喔？
五十九：御膳房都是準時開飯，「餵食時間到」！七個盤子八個碗，皇帝就想也不想，拱拱拱，吃了。
七百四：壞了。
五十九：時間一久，五臟六腑都亂了。
七百四：哎呀。
五十九：御醫診治，皇帝是「心病」。
七百四：心病還得心藥醫。
五十九：有人進獻了一碗「雞血湯」，雞血雞腸雞心雞肝，辣辣的胡椒湯，燉熬了中藥。
七百四：聽起來很厲害。
五十九：宋仁宗一吃，精神百倍！
七百四：好了。

五十九：從此，這味「雞血湯」傳遍了開封府大街小巷。
七百四：紅了。
五十九：直到今天，「開封雞血湯」也是當地的著名小吃。
七百四：不知道味道怎麼樣？
五十九：我在開封試吃了一次，痛快！
七百四：好吃？
五十九：雞血雞腸雞心雞肝，辣辣的胡椒湯，燉熬了中藥。
七百四：真好。
五十九：連吃兩碗。
七百四：痛快。
五十九：回頭就拉了！拉得真是痛快！既痛且快！
七百四：嗐。
五十九：連帶把前一天吃的「道口燒雞」也拉出來了。
七百四：太痛快了。
五十九：中國四大名雞。

七百四：我還四大雞雞哩！這也有四大？
五十九：中國四大雞雞……
七百四：誰？
五十九：我都被你搞亂了！四大名雞……
七百四：麥香雞、麥脆雞、肯德基，還有繼光香香雞。

（頓。）

五十九：安徽燒雞、遼寧燒雞、山東燒雞、河南道口燒雞。
七百四：應該還有「左宗棠雞」吧？
五十九：雞就雞，不要雞「吧」。
七百四：啊？
五十九：你說誰？
七百四：左宗棠。
五十九：左宗棠是誰？

七百四：你怎麼可能不知道左宗棠？清朝末年，興辦洋務、鎮壓撚亂回變、參與平定太平天國、推動新疆建省。與曾國藩、李鴻章、張之洞，並列「晚清中興四大名臣」。

五十九：好嘛，你也「四大」。

七百四：他是湖南人，好像是他發明了「左宗棠雞」吧？

五十九：雞就雞，不要雞「吧」。

七百四：啊？

五十九：我知道那個左宗棠，他不是廚師呀。

七百四：那為什麼有「左宗棠雞」。

五十九：又是掰出來的。

七百四：啊？

（頓。）

五十九：民國六十幾年，有一天晚上，九點多了，臺北「彭園」餐廳正在準備打烊。

七百四：「彭園」我知道，老字號。

五十九：當時還是創辦人彭長貴先生親自掌廚。那天生意不好，彭先生已經在收拾了。電話鈴響，是一位熟客，說：「院長今天主持會議，下班晚了，您這兒還有吃的嗎？」

七百四：祕書給老闆張羅晚飯。

五十九：彭先生爽快說：「來吧，多久到？」「三十分鐘。」

七百四：有東西吃嗎？

五十九：檢查一下，飯還是熱的。開冰箱，把結凍的雞腿拿出來。

七百四：化冰來得及嗎？

五十九：來不及了，快刀，剔除骨頭，切小塊兒，過油，快速解凍。

七百四：是個辦法。

五十九：燒個糖醋醬料，雞腿回鍋拌炒。

七百四：「糖醋雞丁」。

五十九：對，說穿了，就是糖醋雞丁。再炒個青菜，客人剛好上門。

七百四：院長來了。

五十九：行政院長蔣經國來了。
七百四：誰？
五十九：「經國」……
七百四：誰？
五十九：「經國」……
七百四：誰？
五十九：「經國」……
七百四：說清楚！
五十九：「好長一段時間的開會，大家都餓了，開動！」
七百四：好嘛。
五十九：一夥人悶著頭，吃。可能是累了，也可能是真餓了，吃完就走了。
七百四：沒有給評價，老闆不高興吧？
五十九：第二天不到中午，彭園就接到行政院祕書打來的電話：「院長今天上班，見人就說，對您讚不絕口啊！彭掌櫃，您昨天那道雞丁，叫什麼菜名？」

七百四：「糖醋雞丁」。

五十九：那就完了。一道成功的菜，一要真好吃、二要很用心、三要有故事。

七百四：這有什麼故事？

五十九：彭長貴隨口瞎掰……

七百四：啊？

五十九：他……臨機應變，說：「我們湖南人的英雄，乃是左宗棠，左將軍領導湘軍，大破太平天國、平定捻亂回變、收復新疆。左將軍最喜歡吃的，就是這道炸雞，湘軍將士弟兄們，陪著左將軍一塊兒吃，士氣大振，克敵致勝！這可以稱之為『左宗棠雞』吧！」

七百四：雞就雞，不要雞「吧」。

五十九：啊？

七百四：根本是新發明。

五十九：不能發明，那以前的傳統菜餚，又是怎麼開始的呢？

七百四：「左宗棠雞」確實不是傳統湖南菜。

五十九：「左宗棠雞」不是傳統湖南菜，是一道藉文化底蘊而發揮創意的經典料理。人能吃上一頓飽飯，身心安頓，也得到活下去的力量、走下去的勇氣，肚子吃飽、心裡也要吃美。「以前都有」不等於「以後還有」，「以前沒有」不代表「現在不能有」。「左宗棠雞」的發明，乃至開枝散葉，就是最好的證明。

七百四：開枝散葉？

五十九：彭園後來在美國開分店，建築大師貝聿銘請美國國務卿季辛吉到店裡吃飯，也點「左宗棠雞」。

七百四：這個厲害。

五十九：經由媒體報導後，全美國的中華料理餐廳，群起仿效。

七百四：美國人愛吃炸雞，而且做法簡單。

五十九：如今，幾乎全美國每一家中國餐館，都有「General Tso's Chicken」。

七百四：原來是在美國紅的！

（頓。）

五十九：所以，「左宗棠雞」的故事，不在左宗棠，而在蔣經國。

七百四：你知道，蔣經國吃了左宗棠雞之後，第二天在行政院主持會議的時候說了什麼嗎？

五十九：說了什麼？

七百四：「經國」……

五十九：誰？

七百四：「經國」……

五十九：誰？

七百四：「好長一段時間，我們終於準備好了，馬上就要採取行動了。」

五十九：這是要？

七百四：「經國」……

五十九：誰？

七百四：「經國」……

五十九：誰？

七百四：「好長一段時間的考慮，我決定，要反攻大陸了！」

五十九：有這件事嗎？
七百四：「經國」……
五十九：誰？
七百四：「經國」……
五十九：說清楚。
七百四：「好長一段時間的規劃，我任命左宗棠，擔任反攻大陸的總司令。」
五十九：為什麼？
七百四：「因為，在臺灣發明的左宗棠雞，太好吃了，連美國都打敗了，反攻大陸一定會成功的！」
五十九：嗐！
七百四：「三民主義萬歲！中華民國萬歲！」

（本段結束。）
（全劇終。）

跋

偶爾出席一些場合，偶爾要聽見一些人說話。不止一次，聽到一位比我年輕的作者，用溫柔、典雅的閩南語，闡述他的家族，對先人的孺慕、對文學的熱情，聽了很是感動。他的結論，不免服膺當代政治正確：「夜深人靜，從深刻的寂靜中穿透而來的，是阿公的語音，相信，這也就是臺灣土地的聲音。」

聽了嚇一跳！心想：「你阿公說話，還是在你家就好。我半夜睡不著，也聽到你阿公講話？我們家就鬧鬼了！」

我的姥爺（外公）是河北人，日軍侵華前，他在秦皇島、山海關一帶跑單幫，專接日本人的單子，進出渤海灣的貨品。戰後舉家遷臺，帶來了家族最重量級的珍寶……他老娘，我媽的奶奶，我的太姥姥（阿祖）。

我是曾孫輩中，唯一見過太姥姥的。如果每一家族都有守護的聲音，夜闌人靜時，理所當然地，我應由太姥姥抱抱。我們家祖上都不是講閩南語的，就算鬧鬼，也期盼不要是別人家的阿公。

臺灣土地，絕不可能是單一的語音，這座連颱風都能消解的海上仙山，以其無比寬容，盛載萬物，救人於覆巢危卵。先來的、後到的、原生的、再生的，我們每一個生靈，都參與豐富了這片土地。誰是原人？誰是主人？誰是客人？誰是外人？誰是新人？虛妄！誰被誰賦予了分配指派的權力？

姥爺在秦皇島有情人，且為他生下女兒，上世紀末，我媽去河北探親，見過她的「姨」，以及同父的妹妹。當年逃難，本是要一塊兒帶的，很難責怪我姥姥一九四八年的醋勁兒大，就是不准。

二〇一八年那日，原計畫是山海關，地景朗讀之樂，連吳梅村的〈圓圓曲〉都印好了，但因離奇的小錯誤，被困在只差一站的秦皇島。來回車票，全日客滿！預買往天津的回程票在傍晚，這大中午的，太陽正毒，我在車站大廳裡遲疑……

看一對小情侶走下階梯，下到一半，男的突然撥開女孩勾攀的雙臂，輕聲、但決絕的語氣說道：「行了！回吧！」說完，自顧下完梯階，回頭望了一眼，揚揚手。女孩僵立在停下的那一級，堆高了笑臉，輕擺著手掌……但……嘴角……怎麼這麼不聽使喚？硬是掛了下來？不是該送到剪票口嗎？不是該在離別之際，緊緊的再抱一下？在凝視的最後一瞬，深深再一吻？這些在家裡預想的畫面，怎麼沒有實現？

懂了，是姥爺拉住，要我在秦皇島車站，見到這綺麗的一幕。當年，他將情人撂在這兒，小婦人獨自扶養女兒，不知吞了多少酸楚？

七十次花落，車站階梯上，女孩兒往回滴的眼淚，落在我心坎兒上了。

當代名家
謊然大誤

2020年10月初版　　定價：新臺幣270元

著者	馮翊綱
叢書主編	陳逸華
校對	施亞蒨
封面設計	曾湘玲

出版者	聯經出版事業股份有限公司
地址	新北市汐止區大同路一段369號1樓
叢書主編電話	(02)86925588轉5305
台北聯經書房	台北市新生南路三段94號
電話	(02)23620308
台中分公司	台中市北區崇德路一段198號
暨門市電話	(04)22312023
台中電子信箱	e-mail：linking2@ms42.hinet.net
郵政劃撥帳戶第	0100559-3號
郵撥電話	(02)23620308
印刷者	世和印製企業有限公司
總經銷	聯合發行股份有限公司
發行所	新北市新店區寶橋路235巷6弄6號2樓
電話	(02)29178022

副總編輯	陳逸華
總編輯	涂豐恩
總經理	陳芝宇
社長	羅國俊
發行人	林載爵

行政院新聞局出版事業登記證局版臺業字第0130號

本書如有缺頁，破損，倒裝請寄回台北聯經書房更換。　ISBN 978-957-08-5601-9 (平裝)
聯經網址：www.linkingbooks.com.tw
電子信箱：linking@udngroup.com

國家圖書館出版品預行編目資料

謊然大誤/馮翊綱著．初版．新北市．聯經．2020年10月．
248面．14.8×21公分（當代名家）
ISBN 978-957-08-5601-9（平裝）

863.54　　109011730